btb
Aus Freude am Lesen

Anja Snellman · Zeit der Haut

Anja Snellman

Zeit der Haut

Roman

Aus dem Finnischen
von Angela Plöger

btb

Die finnische Originalausgabe erschien 1993
unter dem Titel »Ihon aika«
bei Werner Söderström, Helsinki

Die Übersetzung wurde vom Finnish Literature
Information Centre, Helsinki, gefördert.

Umwelthinweis:
Dieses Buch und sein Schutzumschlag wurden
auf chlorfrei gebleichtem Papier gedruckt.
Die Einschrumpffolie (zum Schutz vor Verschmutzung)
ist aus umweltschonender und recyclingfähiger PE-Folie.

btb Bücher erscheinen im Goldmann Verlag,
einem Unternehmen der Verlagsgruppe Random House.

1. Auflage

Satz: Uhl + Massopust, Aalen
Druck und Bindung: GGP Media, Pößneck
Printed in Germany
ISBN 3-442-75047-4
www.btb-verlag.de

FÜR ORVOKKI VIENONTYTÄR

An dem Trauertest nehmen drei Frauen und vier Männer teil. Man bittet sie, die Augen zu schließen und sich zu grämen. Die Frauen und zwei der Männer werden so traurig, dass sie reichlich Tränen vergießen. Dann spritzt man ihnen eine ungefährliche radioaktive Lösung ins Blut. Mithilfe der strahlenden Lösung kann man das Strömen des Blutes im Gehirn verfolgen.

Mithilfe der PET, der Positronenemissionstomographie, zeigt der Wissenschaftler R. von der Universität Washington, wie die Stirnlappen im Gehirn der Testpersonen hell zu leuchten beginnen. Bei den Frauen beide Stirnlappen, bei den Männern nur der linke.

Diese kleine Meldung las ich an einem heißen Nachmittag Anfang September in Vyborg. Ich saß auf einer übel zugerichteten, halb verbrannten Bank auf dem

Bahnsteig, wartete auf den Zug, auf die Heimreise, und blätterte zerstreut in einer schon mehrere Wochen alten, zerfetzten Zeitung, die jemand am Ende der verkohlten Bank hatte liegen lassen.

Der Sitz der Trauer ist gefunden. Vielleicht kann man die Trauer bald aus dem Menschen tilgen, so wie unruhige Freude oder Wut?

Ich riss die Nachricht heraus und beschloss, sofort nach meiner Heimkehr an den Wissenschaftler R. zu schreiben.

Als der Zug am dunstigen Horizont auftauchte, vergaß ich die ganze Sache.

1

Ich beginne bei den Beinen meiner Mutter. Ich beginne damit, wie sie eines Tages ihr linkes Bein unter dem Küchentisch hervorzog, mit beiden Händen den Schenkel anhob, das Bein unter dem raschelnden Wachstuch hervorholte und mir eine offene Stelle zeigte, aus der dünnflüssiger, blutiger Eiter floss. So als hätte jemand einen faustgroßen Stein dagegen geworfen. Ich stand von meinem Platz auf und nahm die Stelle näher in Augenschein. Ich kniete vor meiner Mutter nieder. In meinem Bauch regte sich schwach meine erste Tochter. Ich holte tief Luft. Mutter stank. Der vertraute stechend-warme Schweißgeruch wehte mich aus ihren Achselhöhlen an, der Duft von Mentholzigaretten hing in ihrer rot karierten Baumwollschürze, und dann war da noch ein neuer, nicht näher definierbarer, ein wenig süßlicher, leicht widerlicher Geruch.

Seit damals sind genau drei Jahre vergangen. Ich sitze am Sterbebett meiner Mutter in der Abteilung für chronisch Kranke des Krankenhauses Koskela und zeichne mit einem weichen Bleistift auf kariertem DIN-A4-Papier die soeben erschlafften Gesichtszüge meiner Mutter. Ich drücke mir Papiertaschentücher an beide Wangen. Da bleiben sie haften. Da bleiben sie, solange ich zeichne. Meine Schwester sitzt auf der gegenüberliegenden Seite des Bettes und zeichnet auch. Wir blicken uns an. Die Mutter, die uns ihre kleinen Alten genannt hat. Mutter, die uns niemals einen Blick in ihre Handtasche werfen ließ. Mutter, die immer alle kleinen und großen Schlüssel unserer Wohnung in ihrer Schürzentasche verwahrte.

Wir zeichnen die Mutter, berühren ihre immer kühler werdende Haut, streicheln ihr die Wangen, die immer noch leicht gerötet und weich sind, sprechen leise miteinander. Gleich schon werden wir einen dünnen Kaffee aus den vertraut gewordenen Teema-Tassen des Krankenhauses trinken, meine Schwester gießt sich ein wenig Sahne aus der weißen Schnabeltasse dazu, die genauso aussieht wie die, aus der Mutter manchmal, als sie schon in sehr schlechter Verfassung war, rote Jaffalimonade trank, nachdem sie sich, vor Schmerzen schreiend, aufgesetzt hatte.

Bald kommen die vertrauten Krankenschwestern, um unsere Mutter zu waschen. Sie kommen in ihren glänzenden weißen Gummischürzen, mit Duschhauben auf dem Kopf und Plastikhandschuhen an den Händen. Wir überlassen ihnen Mutter. Als ich in der Tür stehe, sehe ich noch einmal zurück, Mutter wirkt sehr ruhig. Sie hat den Kopf ein wenig geneigt, so als mache sie nur ein Nickerchen, und als ich dann endlich die Tür hinter mir ins Schloss fallen lasse, behalte ich überraschend den Türknauf in der Hand.

Ich stehe auf dem spätabendlich stillen Korridor, den Türknauf zum Sterbezimmer meiner Mutter in der Hand, von irgendwoher dringt leise Musik, klassische, im Büro haben sie eine passende, diskrete Kassette eingelegt. Ein warmes Gefühl der Dankbarkeit regt sich in meinem Bauch.

Ich lasse den silberfarbenen Knauf verstohlen in die Tasche gleiten, eigne mir die letzte Türbewegung des Zimmers meiner Mutter an, stehle die Stille des Knaufs, spüre, wie er hart und kühl an meinem Schenkel anliegt, genieße seine Gegenwart, die einfache Form, die ewige Kälte, berühre ihn, streichle und drehe ihn verkehrt herum wie einen Kreisel, betrachte in seiner gewölbten Oberfläche mein Spiegelbild.

Seit diesem letzten Abend meiner Mutter ist der Türknauf ihres Sterbezimmers in meiner Tasche, in meiner Handtasche, in meiner Vorlesungsmappe, in meinem Rucksack, und jetzt liegt er hier vor mir auf dem Tisch. Immer, wenn ich den kleinen, von tausenden von eiligen Griffen matt gewordenen Knauf in die Hand nehme, bin ich wieder diejenige, die ich begann zu sein, als Mutter ihr geschundenes Bein unter dem Küchentisch hervorzog, bin unterwegs, bin eine bereitwillige Dienerin, bin eine Fußwäscherin, bin das letzte Hemd, das man weggibt, bin mal Martha, mal Maria, bin die unruhige Magdalena, bin die Geliebte des Geliebten, bin Mitarbeiterin für Geheimes, bin Sterbebegleiterin ohne Rückfahrkarte.

2

Mutter schreibt mir ins Stammbuch zwischen Verse wie WenndichdieLästerzungesticht und WendestetsdenBlicknachoben: Der Mensch fürchtet nicht die Wahrheit, sondern die Folgen der Lüge.

Mutter schreibt nachts, wenn meine Schwester und ich eingeschlafen sind, bevor der Vater zurückkehrt, das ist Mutters ureigene Stunde. Kleine blaue Hefte, pedantische Haushaltsbücher, versöhnliche Tagebucheintragungen, Wetter, Schulnoten, Grippen. Nachts spitzt Mutter meine Bleistifte an und ordnet sie in die Gummischlaufen meiner Federmappe ein, vom kürzesten bis zum längsten. Morgens sind die Bücher nach Fächern in meine Schulmappe gepackt, die Hefte in ein eigenes Fach, die kleine Tupper-Brotdose immer in derselben Seitentasche mit dem Reißverschluss. Alle Bücher und Hefte sind mit Kunststofffolie eingeschlagen. Überhaupt sorgt Mutter dafür, dass alles immer nicht nur penibel eingeschlagen, sondern auch sorgfältig abgewischt und nach dem Abwischen noch mehrmals bepustet und so auch das letzte Stäubchen oder Haar oder Katzenhaar entfernt worden ist.

Mutter bedeckt, umhüllt, verpackt alles, was ihr unter die Finger kommt. Durchsichtiger oder farbiger Kunststoff, Zellophanpapier, Schrankpapier, in Ermangelung von Besserem Packpapier, Tesafilm, Gummibänder, Kordel. Auch in den Kleiderkammern sind alle Gegenstände, alle Kleider umhüllt, verpackt, zwischen Papier gestapelt. Mutter macht ihre Arbeit systematisch, mit präzisen Handbewegungen, ein wenig stierem Blick. Mutter bereitet den Dingen ein sehr sorgfältiges Vergessen.

Schränke und Kammern quellen über, als meine Schwester und ich sie endlich öffnen können, von bleiartigem Schokoladenkonfekt, Biskuitrollen, die wie Ziegelsteine sind, Baisers, die an Betonbrocken erinnern, Handspiegeln in ungeöffneten Zellophanverpackungen, mottenzerfressenen pastellfarbenen Ärmelschals, Nagelpflegemitteln, Tuben mit ranzig gewordenen Handcremes und Gesichtsmasken, Haarbändern, Handschuhen, Tüchern, Unterwäsche, Dingen, die wir nie gesehen haben oder von denen eine schwache Erinnerung uns sagt, dass Mutter sie zum Geburtstag oder zu Weihnachten bekommen hat und von denen sie offensichtlich der Ansicht war, man müsse sie aufsparen und schonen, die Freude darüber zügeln, sie beiseite legen für die Höhepunkte des Lebens, die niemals kamen.

Morgens bemerke ich manchmal, dass Mutters Handtasche einen Deut anders liegt als am Abend zuvor. Auf dem Schulweg spiele ich Fußball mit dem Müll, den der Wind vor sich her treibt, kicke die Steine um, überlege, ob Mutter die verschlossene Kammer geöffnet und ihre Handtasche genommen hat, um damit ins Badezimmer vor den Spiegel zu gehen, ob sie den kirschroten Lippenstift benutzt, matten Puder aus der kleinen goldfarbenen Dose aufgetupft, sich den Pony mit der großen Brennschere gebrannt hat. Manchmal erwache ich nachts mitten im Traum und schleiche zur Badezimmertür, luge durch das Schlüsselloch, sehe Lippenstift und Puder und die große, dunkle Brennschere.

Bevor ich mich morgens wasche, untersuche ich immer genau den Spiegelständer und das Waschbecken, und oft glaube ich auf der glatten Oberfläche des Beckens ganz feinen, pfirsichfarbenen Staub zu sehen und an den Hähnen kleine rote Flecke. Aha, Mutter hat wieder ihr Mädchengesicht betrachtet.

Die Frau auf den Jugendbildern, auf den von dem besten Atelierfotografen der Kleinstadt aufgenommenen Bildern, hat immer ein kunstfertiges Make-up, dunkle Brauen, einen Kirschmund, matte Haut. Noch auf einigen Porträts in den Alben aus der Vertreibungszeit, die in Vyborg entstanden sind, hat sie ein sorgfältiges Make-up, danach nie wieder.

Oder vielleicht noch zweimal, warum auch immer, jedenfalls haben sie sich in meine Erinnerung eingegraben: Für meine Abiturfeier hat Mutter sich die Lippen angemalt und die Brauen nachgezogen. Ich meine, ich falle in Ohnmacht, als ich Mutter in ihrem Kleid aus der Billighalle und mit ihrer Kriegsbemalung an der Tür des Festsaals auftauchen sehe. Beim anderen Mal warte ich an der Straßenecke auf Mutter, vor dem großen Schaufenster einer Bank. Wir wollen zum ersten Mal mein Studiendarlehen abheben, das ist irgendwie ein großer Moment für Mutter, die hofft, dass aus mir mindestens eine Wissenschaftlerin der finnischen Akademie wird, egal, auf welchem Gebiet, wenn nur akademisch und auf jeden Fall Wissenschaftlerin. Mutter kommt langsam den Berg herauf, ein wenig watschelnd, verweilt ab und zu und hält sich die Hüfte, geht dann weiter. Schon von weitem erkenne ich die dunkelroten Lippen und die schwarzen Brauen, halte mir die Hand vor den Mund, verstehe nicht, die Scham schnürt mir die Kehle zu.

Ein Make-up, findet Mutter, ist immer Schöntuerei, Verstellung, die Regung von jugendlicher Überheblichkeit, die einen Hauch von Sündhaftigkeit und Unanständigkeit hat, Leichtsinn, Koketterie, all das, was Mutter sorgsam verleugnet und verbirgt. Dennoch hat Mutter ihr Leben lang, über viele Fluchten und Umzüge hinweg, eine kleine, perlmuttverzierte Lippenstifthülse und eine goldfarbene Puderdose sowie einen Lockenstab gerettet, in dessen Griff die verschnörkelten Buchstaben von Mutters Initialen eingraviert sind und eine Jahreszahl, die vom Gebrauch, vom Halten in schweißigen Händen, fast verschwunden ist.

Auf meinem Gesicht duldet Mutter keinerlei Makeup, und so fange ich an, neben all den anderen Bemühungen, die mit meiner aufkeimenden Weiblichkeit in Verbindung stehen, mich heimlich zu schminken. Ich lerne es, mir das Gesicht auf der Kellertreppe zu bemalen, hocke mit Mascarabürste und Abdeckstift auf denselben Treppenstufen hinter der verbeulten Tür des Luftschutzkellers, wo ich hunderte von Malen auf der Flucht vor Vaters Deliriumsanfällen habe hocken müssen. Jetzt mache ich auf dem Weg zu Klassenfeten und Rockveranstaltungen immer einen

Abstecher in den Keller, lege dort mein Make-up auf und ziehe mich um, verstecke die überflüssigen Klamotten, auf denen Mutter bestanden und die sie auch ausgesucht hat, im Kellerkabuff und stecke dann den Schlüssel des Kabuffs in das Seitenfach meiner Handtasche, was sonst.

3

Genieß deine kleinen Töchter in vollen Zügen, wo doch die frühen Kindertage so rasch vorübergehen. So pflegt man jungen Müttern zu sagen, und darauf pflegen sie, schwer seufzend und müde, aber heldenhaft lächelnd zu antworten: Jaa!

Jetzt weiß ich mehr. Ich weiß, wie schnell das späte Greisenalter, die letzten Lebensjahre, Monate, Wochen eines Menschen vergehen. Sie fliegen ebenso rasch vorüber wie jene vergötterte Zeit der frühen Kindheit. Auch die letzte Zeit des Alters ist von unersetzlichem Wert, sie ist es ebenso wert, beachtet und verstanden zu werden wie die ersten Schritte, die ersten Worte, die früheste Entwicklungsphase unserer Kinder.

Ich habe die letzten, von Tag zu Tag flacher werdenden Wochen meiner Gebärerin erlebt, habe die gnadenlos dahinschwindenden, verfliegenden Augenblicke genossen, die flatternden Lidschläge, die langsam und undeutlich werdenden Sätze, das kraftlose Ausstrecken der Hand, die pergamentene Haut, das Reinigen des Gebisses, das Halten der Schüssel, wenn sie sich erbrach, das Wachen neben ihrem leichten, unruhigen Schlaf, das Befeuchten der aufgesprungenen Lippen, das Richten des Kissens.

Mutters drei letzte Jahre im Krankenhaus Koskela stehen im Zeichen schwindender Budgets, der Personaleinsparungen und der Kampagnen zum minderen Verbrauch von Waschlappen.

Bisweilen kommt es mir so vor, als wäre Koskela der internationalste Ort von Helsinki. Mutter strahlte tagelang, nachdem ihr ein tiefschwarzer Chirurg aus dem Sudan die entzündeten Zehennägel operiert hatte. Eine fast hundert Jahre alte kirgisische Frau entfaltete für Mutter ihr Leporelloalbum und zeigte ihr wieder und wieder die Fotos von ihren Urenkeln, und nur eine halbseitige Gesichtslähmung verhinderte, dass der Frau das Gebiss ein ums andere Mal auf die Krankenhauskluft purzelte, so breit war ihr Lächeln. Die estnischen und russischen Hilfspflegerinnen und Putzfrauen brachten nachmittags und abends ihr schallendes Gelächter und ihr lebhaftes, schnatterndes Stimmengewirr in die sonst so stillen Nachmittage und Abende der Abteilung für chronisch Kranke mit. Auch eine Schwesternschülerin mit blauschwarzem Haar aus den Anden untersuchte Mutter sowie eine junge französische Ärztin. Wenn diese das von Mutter so geliebte Französisch sprach, drehte Mutter ihr Hörgerät immer voll auf.

Ich, die ich in der Nähe des Krankenhauses wohne, gehe vormittags und abends zu Mutter, meine Schwester nachmittags, wenn sie von der Arbeit kommt, und an den Wochenenden. Oft scheint vormittags die Sonne durch die Zweige einer riesigen Birke in Mutters Sechsbettzimmer. Und immer gibt es alte Frauen, die mich bitten, die Vorhänge vor die Fenster mit den großen Scheiben zu ziehen, und immer gibt es andere, darunter meine Mutter, nach deren Ansicht man die Vorhänge ganz von den Fenstern herunterreißen sollte.

Lasst sie doch reinscheinen!

Vorhang vor!

Jag vill ha solen!

Wir brauchen hier keine Götter, die Vorhänge zu, und zwar ein bisschen plötzlich!

Ich ziehe die Vorhänge vor und beiseite, zupfe sie zurecht, spanne und lege sie in Falten, wende alle meine Künste auf, damit kein heller Keil unmittelbar auf ein starkrankes Auge trifft und die ohnehin schon getrübte Sicht noch mehr trübt, oft habe ich das

Gefühl, wie eine stumme, bucklige Vorhangzieherin in einem Theaterstück voller Gezänk aus alter Zeit zu agieren. Immer wird hinter meinem Rücken gebuht, ob ich es nun so oder so mache. Es ist die Sonne, die hier in der Abteilung für chronisch Kranke die heftigsten Debatten auslöst, darüber können sich selbst die erregen, die man schon bei der Hand nehmen und füttern und denen man zu trinken geben muss.

Vormittags ist Mutter frisch und aufnahmefähig, erfüllt von den kleinen Ereignissen der Abteilung, den Versehen der Krankenschwestern, irgendwelchen Vorfällen mit den Patienten. Ich beobachte Mutter, während sie spricht, bin schon daran gewöhnt, dass die meisten Geschichten erfunden oder missverstanden sind, Ertaubung und Grauer Star haben ihr Werk getan. Mutter dramatisiert und koloriert ihr Leben, flüstert und senkt die Stimme, das Leben hier ist spannend, signalisieren mir Mutters an den Rändern grau gewordene Nussaugen.

Ich bin überrascht und fast erschüttert von Mutters Fähigkeit, mit anderen Menschen Umgang zu pflegen. Meine Mutter, die Frau, die ich bisher gekannt hatte, ist ihrem Wesen nach eine Einsiedlerin, misstrauisch und immer auf das Schlimmste gefasst, jemand, der ausweicht, sich Sorgen macht. Jetzt sehe ich an Mutter eine gesellige Seite, eine gesprächige, neugierige, unbefangene, die nicht nur im Sarkasmus, sondern auch sonst komisch sein kann.

Für die meisten Menschen wäre dies alles selbstverständlich: die eigene Mutter mit anderen Menschen sprechen zu sehen. Für mich nicht. Die Frau, die ich seit meiner Geburt studiert habe, ist einsam, ein vom Leben brutal enttäuschtes Mädchen aus guter Familie, bitter, verschlossen, pedantisch, menschenscheu. Die Frau eines Alkoholikers. Die ewig besorgte Mutter von zwei sehr unterschiedlichen Töchtern.

Da ist die kleine rundliche mit dem Wolfsrachen, deren Sprache für alle anderen außer der Mutter und dem Nesthäkchen schwer zu verstehen ist. Meine große Schwester, der ihre eigenen Unzulänglichkeiten herzlich egal sind, ist gutwillig, gewissenhaft, bescheiden und still. Ein Kind, das meine Mutter auf freundlich-matte Weise liebt, so wie eine Frau, die angesichts der Behinderung ihres Kindes über die Scham hinweg lächelt, genau dies hier habe ich verdient.

Das Nesthäkchen bin ich. Ich bin die zehn Jahre Jüngere. Ich wurde geboren, als Mutter schon zweiundvierzig war. Ich bin Versuch und Irrtum kurz vor Toresschluss, höchstwahrscheinlich ein Versehen, falls Mutter nicht das Bedürfnis hatte, ihrem Schicksal etwas beweisen zu wollen: dass sie doch dazu fähig ist, ein gesundes Menschenkind zur Welt zu bringen, das sie auch noch versorgen kann und will.

4

Ich stehe in der Wohnung meiner Kindheit am Küchentisch, streiche mit dem Finger über das Salmiakmuster der Wachstuchdecke und versuche, meine Mutter zur Vernunft zu bringen. Mutter starrt provozierend fest zum Fenster hinaus, irgendwohin auf die Felsen des Linnanmäki-Berges, summt: Ein Witwe hatt' zwei Töchter, summt in viel zu schnellem Tempo, winselt abgehackt, ihre Art, hochmütigen Ärger zu äußern.

Vielleicht solltest du zum Arzt gehen? Für einige Zeit, ins Krankenhaus, um dich auszuruhen? Da wärst du gut versorgt, und deine Beine würden ordentlich behandelt. Mutter, es sind schon so viele offene Stellen. Ich und meine Schwester, wir wissen nicht mehr, was wir tun sollen, unsere Salben und Mullbinden helfen nicht mehr. Mutter, das macht uns Sorgen. Mutter, wir haben Angst!

Mutter rührt sich nicht. (Wie kann sie nur so ruhig dasitzen, obwohl ihre Schmerzen schon unerträglich sein müssen. Ich begreife allmählich, dass Mutter ihre Schmerzen tatsächlich genießt, dass sie sie braucht und nicht darauf verzichten will. Dieser letzte Genuss ist ihr wichtig, und den wollen wir ihr jetzt nehmen, auch den, weil wir unser Entsetzen und unser Schuldgefühl los sein wollen.)

Schließlich starre auch ich die großen runden, schneebedeckten Felsen und die vereiste Achterbahn an, und als ich eine Weile geschaut habe, kommt es mir so vor, als rollte dort über die polternde Bahn innerhalb der schwankenden Holzgeländer ein einsamer Zug rauf und runter, mit nur einem einzigen Fahrgast, einer dunklen, halb aufgerichteten Gestalt darin.

In denselben Anblick vertiefe ich mich drei Jahre später, ich stehe am Küchentisch und schaue zu den Felsen des Linnanmäki hinüber, ein vereister Vergnügungspark, ich summe, zu schnell, ich bewege die Schuhe mit den Händen, lasse sie auf dem Salmiakmuster des Wachstuchs tanzen, ich halte Schuhe in den Händen, Mutters frisch entdeckte Beine halte ich in den Händen, die cremige, weiche Haut eines jungen Mädchens an den Beinen meiner Mutter, die blau schimmernden Adern an ihren ungewöhnlich zarten Fesseln, Tanz, meine Liebste, tanze und wieg dich, wieder einmal muss ich auf die Beine meiner Mutter zurückkommen, von der Liebe zu diesen schönen orangeroten Tanzschuhen erzählen, die ich am Tag nach dem Tod meiner Mutter hinten in der Kleiderkammer der Wohnung meiner Kindertage in einem kleinen, ausgeblichenen blauen Schuhkarton, in Seidenpapier eingewickelt, fand.

Orangerote hochhackige Tanzschuhe mit schwarzen Lackverzierungen an der Spitze. Ich nehme die Schuhe in die Hand und betrachte die Sohlen: Größe 36, und unter den Ballen tatsächlich dunkle, raue Flecken. In diesen Schuhen ist getanzt worden!

Meine Freude ist herzzerreißend. Ich sitze am Fußboden des langen, dunklen Korridors und zittere so wie als Fünfjährige, als ich darauf wartete, dass durch den Briefschlitz bald ein neues Donald-Duck-Heft fiele. Schließlich laufe ich in die Küche, zum Tisch, ans Fenster, lasse die Schuhe tanzen, ein vereistes Karussell, eine verschneite Achterbahn, eine halb aufgerichtete dunkle Gestalt, Mutter war also doch eine FRAU!

Später begriff ich, dass die Schuhe sehr alt sein mussten, Kann denn Liebe Sünde sein, aus den Dreißigerjahren. Tanzschuhe aus einer Kleinstadt. Schuhe aus der Zeit vor Vater.

Vater tanzte niemals. Mutter heiratete zur Sicherheit einen Mann, der das Tanzen hasste, einen Mann, dessen Beine im Krieg so schrecklich zugerichtet worden waren, dass er nicht einmal rasch gehen, geschweige denn Walzer tanzen konnte.

5

Zwei Tage später bekomme ich die bedeutendste Postsendung meines bisherigen Lebens. Nichts Böses ahnend, sehe ich die amtlichen Bescheinigungen meiner Mutter durch, die ich für die Beerdigung bestellt habe, als mein Blick plötzlich an der Rubrik Kinder hängen bleibt. Ich blinzle. Drei Zeilen. Drei Geburtsdaten. Drei Mädchennamen. Drei Schwestern. Drei. Ich bringe das Papier mit ausgestreckten Armen wie ein belastendes Beweisstück zu Mutters Foto und halte es ihr hin, die Seite aufgeklappt, auf der geschrieben steht, dass diese Frau drei Kinder hatte, drei Töchter, deren erste, unehelich geborene, sie weggab.

Mutter schaut zurück unter dunklen Brauen, die Augen unter dichtem Stirnhaar und im Schatten langer Wimpern verborgen, der kleine Mund mit den scharfen Rändern fest geschlossen, das Kinn trotzig erhoben. No comment. Um den Hals mehrere Reihen Perlen, im Ausschnitt des Kleides ein selbst gehäkelter Spitzenkragen, vorn eine große Schleife, die die Brüste verdeckt. No comment.

Wochenlang tue ich nichts anderes als zu versuchen, den Hergang der Ereignisse zu rekonstruieren, die Namen der damit verbundenen Personen, die verschiedenen Lebensphasen, die Aufenthaltsorte herauszubekommen. Ich rufe wahllos alle möglichen Behörden an und die wenigen Verwandten, die ich nicht erkennen würde, wenn sie mir auf der Straße entgegenkämen. Niemand weiß etwas, niemand erinnert sich oder will sich erinnern, und jedenfalls nicht an mehr, als was aus den Papieren hervorgeht, die zwischen den Behörden hin und her geschoben worden sind.

Eine junge Frau schläft mit dem Mann X und wird schwanger. Oder »bleibt« schwanger, wie es zumeist in den Papieren heißt. Der Mann X verschwindet aus den Papieren, er entfernt sich einfach, er hat diese junge Frau vielleicht vergessen und schon eine neue gefunden, oder er ist aus der Stadt fort in eine andere, größere gezogen, oder er musste in den Krieg, ist vermisst, vielleicht umgekommen. Vielleicht hat man ihn gedrängt »zu verschwinden«, vielleicht hat die irritierte Familie ihm eine Fahrkarte in die Hand gedrückt und ihn auf ein großes Schiff gebracht?

Die junge Frau setzt ihr Papierleben in den vergilbten Seiten fort. Zu Sommerbeginn bringt sie ein Kind zur Welt, ein gesundes Mädchen, dem sie den Namen ihrer Lieblingsblume gibt. Ein halbes Jahr lang pflegt die junge Frau ihre blumennamige Tochter, bis sie das Mädchen einem kinderlosen Ehepaar in einem ostfinnischen Bauernhof zur Adoption überlässt. Einige

Monate lang steht die junge Frau noch im Briefwechsel mit dem Jugendamt der Kleinstadt, berichtet vom eigenen Ergehen, ihrer wirtschaftlichen Lage, und fragt nach dem Kind, dann hört der Briefwechsel auf. Schließlich wissen die Leute vom Jugendamt nicht mehr, wo sie die junge Frau suchen sollen. Die Frau ist verreist, ohne eine Anschrift zu hinterlassen.

6

Ich, die dritte Tochter, fahre in die Kleinstadt, in die Stadt der Jugend meiner Mutter, die Stadt der Bälle und der Träume von einer Ausbildung. Ich klappere die Gemeindebüros und die Pfarrämter ab, lande vor einem Register von Frauen, die in den Dreißiger- und Vierzigerjahren uneheliche Kinder geboren haben, sitze in einem kleinen, halbdunklen Leseraum unter gewaltigen Regalen mit Aktenordnern, sitze, bis die gähnende Putzfrau kommt und mir den Weg nach draußen weist.

Ich stoße reihenweise auf Frauen, Kinder, ungeschminkte Einschätzungen der Überlebenschancen von beiden. Ich begreife, dass ich hier demoralisierte, gefallene Frauen vor mir habe, und in der unteren Etage, in der hell erleuchteten Aula, zwischen Marmorsäulen, mit großen Buchstaben in Bronze gehauen, finden sich ihre Herren X, die sorgfältig verheimlichten Männer, die Väter der schändlichen Kinder, die in den Verzeichnissen Fehlenden, die Ehemänner der anderen, ehrbaren Frauen.

Im Archiv der Lokalzeitung machen sie eine schöne Ausnahme, bringen mir noch nach der offiziellen Dienstzeit mehrere Arm voll vergilbter Zeitungen, in denen ich aufgeregt die Todesanzeigen, die Unfälle, die Verbrechen durchblättere. Ich verliere mich in Überlegungen über alle möglichen Kleinanzeigen, und die freundliche Archivarin bringt mir einen Pappbecher bitteren, schwarzen Kaffee, blickt auf die Uhr, lächelt unsicher, macht einen Augenblick den Eindruck, als wolle sie mir über das Haar streichen.

Spät am Abend desselben Tages stapfe ich mit einer Taschenlampe über den alten Friedhof der Kleinstadt, suche das Grab meiner großen Schwester. Es ist noch nicht lange her, dass diese fremde Frau mit dem Blumennamen, ohne um Erlaubnis zu fragen, in meinem Leben aufgetaucht ist, geboren und zur Adoption freigegeben wurde, in die Schule ging und in meiner Phantasie ihr Leben fortsetzte, und jetzt ist sie, dieses neue Familienmitglied, schon tot. Ich habe gerade meine vierunddreißigjährige, neugeborene große Schwester verloren.

Mit bloßen Händen wische ich den Schnee von den Kreuzen. Scharre Grabsteine aus den Schneewehen hervor, einen nach dem anderen, und finde nichts. Zwei mit demselben Familiennamen lege ich, zusammenschreckend, frei, aber nachdem ich noch ein paar Hand voll Schnee beiseite geschoben habe, stellt sich heraus, dass es viele dieses Namens gibt.

Völlig durchnässt kehre ich ins Hotel zurück, fröstelnd, enttäuscht. In der Nacht, zur Sperrstunde der Restaurants, betrachte ich, in meinen Bademantel gewickelt, die Lichter der winterlichen Kleinstadt und erinnere mich, wie Mutter die reinweiße Farbe gehasst hat. Eine Fernsehwerbung, ein vertonter Werbespruch, »Schneeweiß ohne Mühe«, verursachte Mutter physische Übelkeit, sie musste aus dem Zimmer stürzen.

7

Mutter tanzt im Kasino in einem nachtblauen Crêpe-de-Chine-Kleid, die kastanienbraunen Locken offen, um den Hals mehrere Perlenschnüre, am Handgelenk eine kleine, zierliche Armbanduhr, in matten, cremefarbenen Seidenstrümpfen und mit lackverzierten Tanzschuhen. Mutter lehnt ihr Kinn gegen das Schlüsselbein des Mannes, süßer Duft weht ihm in die Nase. Tokalon-Creme und 4711, diese Düfte hat Mutter ihr ganzes Leben lang um sich gehabt. In der Brahestraße werden sie immer eng nebeneinander auf dem Rand der Nähmaschine stehen, in der Abteilung für chronisch Kranke ist ihr Platz akkurat immer in Reichweite meiner Mutter auf dem linken Rand des rechten Nachttischs, eine kleine Cremetube und eine dreieckige Kölnisch-Wasser-Flasche, und dann ist da noch das gewisse Etwas, ein sehr süßes, sehr starkes Parfüm, ein Hauch süßschwerer Dreißigerjahre, ein Duft wie Zarah Leanders Stimme. Diesen Duft hinterlässt Mutter nur wenige Male im Jahr, am Mittsommerabend im Fahrstuhl, am Heiligabend im Geschäft, zu Ostern im Badezimmer, auch an meinem Geburtstag nimmt Mutter hin und wieder einen Tropfen auf die Fingerspitze, drückt ihn mit geschlossenen Augen hinter die Ohrläppchen, lässt dann das winzige Fläschchen hermelinflink in ihre Handtasche gleiten und die Tasche in die Kleiderkammer, hinter sorgfältig verschlossene Türen.

Das Orchester wummert von ewiger Liebe, trügerischen Augen, schicksalhaften Lippen, Mondschein. Die Besen des Schlagzeugers wischen zischend über das gespannte Trommelfell, der Bass gibt den Takt an, drei Frauen mit klaren Stimmen singen, die Hälse aufeinander zugereckt, die grell weinrot gefärbten Münder in einer Reihe. Mutter tanzt in dem nachtblauen Crêpe-de-Chine-Kleid, die kastanienbraunen Locken offen, Mutter schließt die Augen, gibt sich ganz der

Musik hin. Mutters Lieblingsmelodien sind von dem Mann komponiert, der auf rätselhafte Weise während eines Ozeanflugs verschwand (von den Märchenbüchern findet Mutter dasjenige am bewegendsten, das von dem kleinen Prinzen und seinem fernen Heimatstern erzählt, verfasst von einem Mann, der ebenfalls auf rätselhafte Weise bei einem Flug über das Meer verschwand), Mutter schlingt die Arme fester um den Mann, spürt seinen Duft, die wunderbare Weichheit seiner Haut. Ihre Körper schmiegen sich aneinander, Mutter schließt die Augen, Mutter genießt ihren geschmeidigen Körper, das Tanzen. Ihre Füße tanzen den Tango, von dem Mann geführt, wie von selbst. Die zierlichsten Beine der Kleinstadt bewegen sich leicht durch den Saal, das Orchester wummert, der Schlagzeuger, der Bass, drei klare Frauenstimmen, Mutter will diese Musik immer, immer wieder hören, und zwei Jahrzehnte später erwacht ihre Tochter mitten in der Nacht davon, dass merkwürdige Geräusche aus dem Badezimmer dringen: Ist da der Vater, nein, die Mutter – der Plattenspieler in der Badewanne auf einem großen Sofakissen, die Schellackplatte dreht sich, die zerbrochenen Träume knistern mit achtundsiebzig Umdrehungen, So wird's nie wieder sein, Mutter sitzt unter dem Waschbecken, die Schürze über den Kopf gezogen.

8

Zu Hause erwartet mich am Fenster, mit platt gedrückter Nase, meine ältere Tochter, die das Gesicht der Frau aus der Kleinstadt hat. Die Frau aus der Kleinstadt verfolgt meine Rückkehr von der vergeblichen Reise vom Fenster her, zieht Grimassen, grinst, winkt heftig aus der Schulter heraus, das Glas dröhnt, das Fenster beschlägt.

Im Krankenhaus wird die Ähnlichkeit zwischen dem kleinen Mädchen und der Großmutter bestaunt und bejubelt. Manchmal bringt eine der Schwestern einen kleinen viereckigen Spiegel, auf dem die beiden gleichzeitig ihre wundersame Identität beäugen können.

Mutter muss lachen, das Krankenhausbett wackelt, als der Bauchberg von einer Seite zur anderen schaukelt. Das kleine dunkeläugige Mädchen kichert mit zusammengekniffenen Augen, hebt die Oberlippe, zeigt die kleinen, scharfen Zähne und möchte dann kalte rote Jaffalimonade, sofort und auf der Stelle.

Mich schaudert. Derselbe mattsinnliche Trotz, derselbe dunkle Blick unter den Brauen hervor, derselbe fest zusammengekniffene, gierige Mund.

9

Mitten in der Nacht erwache ich von Vaters heiserem Geschrei. Hure! Hure, Nutte, Fotze! Eine schweißnasse, rote Stirn, die hohe Stirnglatze mit den Narben aus den karelischen Wäldern glüht matt in dem Licht, das von draußen hereinfällt. Die gebeugte Gestalt am Küchentisch rührt sich nicht. Auch dann nicht, als Vater die Faust hebt und ihr mitten ins Gesicht schlägt. Volltreffer. Ich höre ein leises Knirschen.

(Im Krankenhaus Koskela fragen sie dann endlich, woher eigentlich die zertrümmerte Nasenscheidewand rührt, und Mutter liegt nur da in ihren himmelblauen Sachen und lächelt matt. Ich sage nichts.)

Irgendwann stürzt Vater, schwer polternd, zu Boden und strampelt langsam mit den Beinen wie ein großes Tier. Seine Hände greifen nach dem Flickenteppich, sein Mund wiederholt mit schlaffen Lippen ein einziges Wort, Hure, Hure, Hure. Ich streiche mit dem rechten Zeigefinger über die Haut zwischen meinen Schulterblättern. Ich weiß, wie der Schweiß dieser Nächte riecht, nach Essig, der scharfe Geruch nimmt einem den Atem. Mutter hält sich mit beiden Händen das blutige Gesicht und schleicht, den strampelnden Gliedmaßen meines Vaters ausweichend, in die Toilette. Dort hängt am Drehknopf der Heizung ein Lappen für diese Zwecke. Der Sufflappen ist ein kleiner Streifen aus Frotteestoff, den Mutter Nacht für Nacht in kaltes Wasser taucht und dann auf Nase, Wangen, blaue Flecken und die Schlagstellen der Faust legt, die mich immer an Stiefmütterchen, dunkelblaue Stiefmütterchen erinnern. Eigentlich ist der Sufflappen ein kleines chinesisches Händehandtuch und bestickt mit zwei Schmetterlingen, die auf den großen Blütenblättern einer Mohnblume spielen.

Ich wusste nicht, was Vater meinte. Ich konnte nicht verstehen, warum er Mutter Nacht für Nacht beschimpfte und schlug. Mutter nahm die Schläge entgegen und schwieg. Manchmal lachte sie hohl. Obwohl ihr Nasenbein zermalmt wurde, obwohl die Tränenkanäle und ein Ohr bleibende Schäden davontrugen, behielt Mutter ihr Geheimnis, ihr eigenartiges Heldentum mit zusammengebissenen Zähnen für sich. Und schließlich war es immer Vater, der, kläglich heulend, zum Schlafen auf das Sofa kroch, und wenn ich am Morgen erwachte, war er meistens schon fort.

Ich bin im Schatten von Geheimnissen aufgewachsen. Meine Kindheit bestand aus Flüstern, gesenkten Stimmen, Schlägen, blauen Flecken, spöttischem Lachen, abgerissenen Sätzen, einem Augenblick des Verstummens und aus verschlossenen Gesichtern, wenn ich ins Zimmer trat. Geh schon, verschwinde, tu dies, tu jenes, geh spielen, lesen, schreiben. Schreckliche Geheimnisse, Schande, Enttäuschungen, vielerlei Misserfolge, Enthüllungen und Angst vor dem Erwischtwerden verbanden Vater und Mutter. Zusammen waren sie eine doppelte Tragödie. Die Geburt meiner Schwester war für sie der endgültige Schlag. Ein behindertes Kind. Eine Tochter mit Hasenscharte. Ein Hohngelächter des Schicksals. Lohn der Sünde. Die Sühne. Die endgültige Enthüllung, Schande.

10

Mutter bügelt auf dem Küchentisch Taschentücher. Sie liegen da auf einem Stapel, all die sauberen, mit Monogramm bestickten Baumwolltaschentücher, Mutter nimmt eines nach dem anderen, bügelt sie sorgfältig bis in die Ecken hinein, faltet sie dann zu kleinen Stapeln und legt sie auf das Fensterbrett. Diese sauberen, kleinen Packen finde ich dann in meinen Taschen, in meiner Schulmappe, auf dem Bücherregal, auf dem Spiegelständer in der Toilette, zwischen meinen Schulbüchern, unter dem Kopfkissen.

Ich weiß nicht mehr, woher ich die anderen bekam, die kleinen Stoffstreifen in schmuddeligen Farben. Von wem erbitte ich sie? Von der Mutter meiner Freundin, die in der finnischen Seidenspinnerei arbeitet? Das sind meine Protesttaschentücher, Rotzlappen, steif von Schleim, zerknüllte Bälle, klebrig, stinkend, in die ich große Knoten geschlungen habe. Das sind meine Geheimnisse, meine Ahnungen, mein Vergessen, unsichere Versprechungen, lose Beziehungen, Betrug. Ich werde alles Schreckliche tun, alles Böse und natürlich mein lasterhaftes Leben vor meiner Mutter geheim halten, die dezente Anspielungen macht. Ich lasse es bereitwillig zu, dass sie sich über die Klumpen in meinen Taschentüchern, das klebrige Weiße, wundert, was ist das? Mutter schreit auf, ich lache.

Wenn Mutter die Taschentücher bügelt, sind ihre Augen fest geschlossen. Ich weiß, dass sie in Gedanken weit, weit fort in der Vergangenheit ist. Wenn Mutter die Augen schließt, ist dort irgendwo das schwarze Album. Schwarzes Album nenne ich das, von dem ich glaube, dass Mutter es sieht und das ich auch selbst gern sehen würde. Das schwarze Album ist voll von Mutters Geheimnissen. Darin sind all die Bilder, die aus den zerfledderten Familienalben herausgerissen wurden, alle zerrissenen Briefe, Postkarten voller Anspielungen, Fotos von Mutter, als sie noch ein junges Lehrmädchen in der Kleinstadt war, der Kirschmund, die kastanienbraunen Locken offen, die Perlen um den Hals und die Boa um die Schultern, Mondscheinserenaden, deutsche Schlager, die, in denen Frauen mit tiefen Stimmen mit der Verderbtheit spielen, und immer hat Mutter einen Schwarm gut aussehender junger Männer um sich.

Das wichtigste Bild des schwarzen Albums findet sich nach Mutters Tod ganz zufällig. In einem kleinen, sorgfältig ausgefüllten Haushaltsbuch, zwischen zwei karierten Seiten voller Berechnungen und mit Tesafilm an versteckter Stelle festgeklebt: Ein schwarzweißes Foto, das ein Stiefmütterchen zeigt, eine ganz gewöhnliche tiefblaue (zumindest stelle ich sie mir tiefblau vor) Viola. Das ist meine Schwester, meine heimliche Schwester, der Fleck, der Schandfleck, von dem niemals gesprochen wird.

Im Krankenhaus Koskela faltet Mutter einen Stapel Papiertaschentücher und legt sie auf ihren Nachttisch. Der Stapel liegt immer genau an derselben Stelle am linken Rand des linken Nachttischs, und niemand darf ihn anrühren ohne Mutters Erlaubnis. Manchmal fällt der Stapel aus Versehen auf den Boden, und dann schreit Mutter, laut, sodass die Leute aus dem Büro eilig herbeigelaufen kommen, um zu helfen.

Ich bin erleichtert, dass ich mich endlich in aller Ruhe schämen kann. Seht mal, so ist meine Mutter, so schrecklich, so verwirrt, diese Dauerwelle, schäbige Sachen, übellaunig, mit schiefer Nase, schlechten Zähnen, fast blind, nahezu taub, mit einem Bruch, komischer Nagellack, ganz schön stämmig, sie flucht, schlürft ihren Kaffee, ihr ist nichts recht, und sie verlangt alles.

11

Die hilfsbereite Büroangestellte des Pfarramts kramt einen Stapel vergilbter Papiere hervor, Wasserzeichen, Akten, die mit den Namenszügen vieler Zeugen abgezeichnet sind, Gemeindelogos, Darstellungen von Kirchen, Daten: Ein kinderloses Ehepaar aus Ostfinnland adoptiert ein kleines weibliches Kind mit einem Blumennamen, und bald nach der Adoption fällt der Adoptivvater an der Front. Die Adoptivmutter bleibt mit dem Kind allein, zieht mit ihm zurück in die Kleinstadt, die Geburtsstadt des Mädchens, wo das Mädchen zur Schule kommt – und damit enden die von der Kanzleiangestellten ausgegrabenen Angaben. In irgendeinem anderen Büro geht die Geschichte vielleicht weiter, tröstet sie mich. Keines von den Papieren, die ich in die Hände bekomme, kein mündliches Zeugnis verrät, ob dieses Kind mit dem Blumennamen, meine älteste Schwester, in den ihr verbliebenen dreiunddreißig Lebensjahren jemals ihre wahre Herkunft, ihre Wurzeln erfahren hat.

Auch der oberste Kinderschützer der Kleinstadt will mir helfen, öffnet bereitwillig seine Archive und erzählt, dass meine uneheliche große Schwester drei Kinder bekommen hat, zwei Töchter und einen Sohn. Er erzählt, dass auch der Ehemann meiner Schwester jung stirbt. Die kleinen Kinder bleiben in der Obhut der Adoptivoma. Auf dem Schoß der oben genannten Frau, der Ostfinnin, die an Kinderlosigkeit litt und die ich gerade kennen gelernt habe, auf demselben Schoß, auf dem meine Mutter ihren Säugling, meine unbekannte Schwester, absetzte. Abends bin ich erschöpft von all meinen neuen Beziehungen zu Papiermenschen. Ich weiß nicht, an welche von ihnen ich am meisten denken, wessen freudloses Leben ich am meisten betrauern soll.

In der Nacht wache ich auf und fange an, im Telefonbuch der Kleinstadt zu blättern. Die Kinder meiner unlängst geborenen und gerade verstorbenen Schwester wohnen immer noch in dieser Stadt. Namen, Adressen, Telefonnummern. Da stehen sie alle fast ohne Unterbrechung untereinander. Es ist also wahr. Ich begreife, dass ich Tante bin. Ich möchte den Hörer abnehmen und anrufen. Ich möchte das Bild meiner Schwester sehen, hören, was für eine Frau sie war. War sie, die Blumennamige, dunkel und zierlich, leidenschaftlich, stolz, melancholisch? Hat sie ihre Herkunft, die Geheimnisse, die Schande geahnt?

12

Ich habe es getan. Ich habe gerade mit Gewalt eine Krankenschwester von der nahe gelegenen Ambulanz herbeigeschleppt, damit sie sich Mutter ansieht. Mutter wirkt mürrisch, obwohl sie ihre beste Hausjacke, eine braun gemusterte von Marimekko, angezogen hat, die ich ihr vor mindestens zehn Jahren zum Geburtstag gekauft habe. Die Jacke riecht stark nach Naphtalin und ist ein bisschen zu klein, zumal über dem Bauch, und Mutter hat der Sache hier und da durch Sicherheitsnadeln abgeholfen. Die rot karierte Schürze liegt, sorgfältig zusammengelegt, über der Stuhllehne, und Mutter wird sie wieder an sich nehmen, sobald die ungebetenen Gäste gegangen sind.

Meine Schwester sitzt still abseits, ihre Hände zerzupfen ein Papiertaschentuch. Die Knöchel sind voller kleiner hellgelber Knochenbuckel und lassen mich immer an die letzten Konzerte von Edith Piaf denken, an die gekrümmten Echsenfinger, die aus den Ärmeln ihres schwarzen Kleides hervorsahen und von einem Lied zum anderen immer nervöser an den Schenkeln entlangtasteten.

Die Krankenschwester tritt freundlich und bestimmt auf, sieht sich um mit den Augen eines Menschen, der schon alles gesehen hat. Sie scheint nicht weiter erschüttert von den schmutzigen Wänden, dem abgetretenen Linoleum, all der Eigenart und Bescheidenheit. Dennoch verspüre ich ein wenig das schuldhafte Bedürfnis, der Frau zu erklären, wie meine Mutter ist. Dass absolut nichts angerührt werden darf. Dass man nichts verändern darf, nicht einmal aus Versehen. Die Schranktüren sind sorgfältig verschlossen, alles ist in Beutel und Kartons verpackt, mit Bindfäden und Gürteln verschnürt, mit Riemen zugeschnallt, gleichsam in Erwartung eines plötzlichen Aufbruchs.

Meine Mutter hat eine präzise Weltordnung, und gerade jetzt beginnt sie zu zerbrechen, als die Krankenschwester sich bückt, um die Beine meiner Mutter in Augenschein zu nehmen, tief aufseufzt und den Kopf schüttelt. Ich weiß, dass Mutter nicht so leicht nachgeben wird. Ich weiß, dass die heftigsten Kämpfe sich zwischen mir und Mutter abspielen werden. Ich werde eine Vertreterin und Fürsprecherin der Gesellschaft, der Altenpflege, der Medizin, des Krankenhauses, der Krankenwagenfahrer, der Nachtschwestern, der Bader und ich weiß nicht wessen sein, in Mutters Augen schlicht und einfach: eine Handlangerin des Todes.

Ich muss Mutter mit allen Mitteln überreden, muss die Widerstrebende überzeugen, sie locken und ihr drohen wie einer Geisel, muss ihr Beine machen, lügen, ein ums andere Mal versprechen, dabei zu sein, dabeizubleiben im Krankenwagen, bei den inneren Untersuchungen, den Tropfs, den Ohnmachten, wenn das Ende kommt. Ich verspreche es.

13

Sie, die Frau, kennt die Schande. Es ist leicht, sie dazu zu bringen, dass sie sich schämt. Wenn man mit ihr über ihr Leben spricht, fällt es ihr immer noch schwer, der Wahrheit über ihre Herkunft, ihre Familie, ihre Hintergründe unbefangen ins Auge zu blicken. Und sei das Gespräch auch noch so feinfühlig und sachlich, der Schrecken fährt ihr leicht zwischen die Schulterblätter und reißt sie wie Flügel auseinander.

Sie knickt zusammen und bezieht sogleich ihre Verteidigungsposition. Sie wählt die Maske einer trotzigen, harten Type. Wie leicht die doch in ihrem Gesicht hängen bleibt. Schließlich ist sie ’ne Krabbe aus Helsinki, ’ne echte aus Sörnäinen, und hat bei Bedarf legendär coole Storys auf Lager, und sie kommen ihr umso leichter von den Lippen, je weher sie ihr tun.

Erst in der Abteilung für chronisch Kranke in Koskela wird ihr leichter. Erst dort hat sie das Gefühl, dass sie sich endlich in aller Ruhe schämen kann. So bin ich. So ist es bei uns. Seht euch meine Mutter ruhig an, hört euch ihr Gebrüll an. Die da ist meine Schwester, möchtet ihr etwas über sie wissen? Hier ist mein nacktes, wenig benutztes Gesicht, bitte kommt näher und seht es euch an.

Allmählich gefällt ihr die Nähe des alltäglichen Todes. Sie bekommt die Möglichkeit zu lernen, entblößter, ehrlicher zu sein. Sie ist stolz auf ihr in alltäglicher Weise müdes Gesicht, die Tränensäcke, die ewig laufende Nase, die ausfransende Nagelhaut. Sie vergisst schlicht und einfach, sich zu widersetzen und zu schämen.

14

Es fällt mir schwer, Mutter anzuheben, weil ich kurz vor der Entbindung stehe. Die gewaltige metallene Bettpfanne poltert zu Boden, und ihr Inhalt ergießt sich auf das Linoleum, hebt sich kaum von dessen schmuddeliger Farbe ab. Ich habe ständig das Gefühl, dass ich stinke, dass Mutters Gerüche sich an mir fest gesetzt haben, dass sie an mir haften wie ein Teil von mir selbst. Im Bus schnuppere ich an meinen Händen, meinem Revers. Ich bin sicher, dass man mich angafft, mit geblähten Nüstern. Das Kind in mir unternimmt immer heftigere Anstrengungen. Ich streichle meinen Bauch: Ich bin ganz deiner Meinung. Raus hier. Oft bin ich von Mutters täglicher Pflege so erschöpft und von all den banalen Verrichtungen so durch und durch erschüttert, dass ich mich zu Hause nur noch in den Kleidern hinlegen und, ohne die Schuhe auszuziehen, die Augen schließen kann.

Es ist schwierig, irgendjemandem von Mutters nässenden Wunden zu erzählen, von den langen Wattestäbchen, mit denen ich sie täglich reinige, von den Mullbinden, die in ungeheuren Mengen verwendet werden, von den verschiedenen Salben, von der wachsenden Reihe der Arzneimitteldosen auf dem Küchentisch, von den Versuchen, Mutter dazu zu bewegen, dass sie auch mal etwas anderes isst als den ewigen geschlagenen Grießbrei mit Beeren und Weißbrot. Oft bemerke ich, dass ich mit dem Ungeborenen spreche, flüsternd meine Last ablade bei dem Wesen, das unter meinen Händen, unter meiner Haut schlummert und mit mir noch lange Zeit kein Mitleid empfinden, geschweige denn mir widersprechen können wird.

Ständig hämmert es hinter meiner Stirn, meine Schläfen schmerzen. Ich habe viel geweint, und nicht nur Tränen der schönen reinen Trauer, sondern vor allem Tränen des Selbstmitleids und der Wut, das Salz der Müdigkeit und der Kraftlosigkeit. Manchmal habe ich das Gefühl, dass mir die Augäpfel bald austrocknen werden und nur eine Art stierer, verwirrter Blick, ein irres Starren, ein offener Mund, eine rote Nase, ein fleckiges Gesicht übrig bleiben. Manchmal bemerke ich, dass ich die Vorübergehenden misslaunig mustere, mit gefletschten Zähnen, ätsch, ihr kommt auch noch an die Reihe, auch eure Eltern werden älter, und wer wird sie dann pflegen, und wo? Wartet nur, auch eure Mission, eure Last, kommt noch.

15

Während des Waffenstillstands flüchtet meine Mutter nach Osten, so weit sie ohne großen Aufwand kommt. Ohne Baby, ohne Gepäck, ohne Vergangenheit, die Not und das Chaos des Vaterlands als Tarnfarbe.

Sie findet Arbeit beim Standgericht, von allen Stellen gerade dort, in jenem bewussten kleinen, aber sonnigen Büroraum, der nach Süden geht, zum Meer. Mutter beginnt die Feldpost zu stempeln, die Heimatpost sehnsuchtsvoller Männer, Liebesbriefe, Glückwunschkarten, auf denen frisch gebackene Väter ihren jungen Familien Grüße senden.

Mutter sitzt in dem hellen Büro, die Arbeit geht ihr nicht aus, im Gegenteil, oft bleibt sie bis spätabends bei ihren Papieren. Es ist ihr letzter Arbeitsplatz, und oft verliert sich ihr Blick auf dem Meer. Das Haus liegt in Ufernähe, Mutter lässt das Fenster einen Spaltbreit offen, die schweren Fliederdolden schwanken, Düfte wallen, Mutter lässt sich vom salzigen Abendwind das Gesicht streicheln, sitzt, über den großen Nussbaumtisch gebeugt, stempelt Papiere, registriert Gefallene, ordnet Vergehen und Strafen, archiviert Prozesse, gewinnt manchmal einen Stenografiewettbewerb, bekommt eine Ehrenurkunde als schnellste Maschinenschreiberin, dient dem geschlagenen Vaterland, ist kompetent, versucht, gut und erwähnenswert zu sein.

Eines Tages folgen die Geburtsurkunde und sonstigen Papiere des Mädchens mit dem Blumennamen der Mutter nach Osten, holen sie ein und klammern sich an ihr fest. Gerade, als sie, die Beamtin, einen neuen Mann gefunden und Hochzeit gehalten hat, ein Baby unterwegs, eine schöne Wohnung in der Nähe der Arbeitsstelle, am Meer.

Da kommt ein großer eingeschriebener Brief. Amtliche Papiere, ursprünglich aus der Kleinstadt, durch viele Hände gegangen. Stempel: Anschrift unbekannt. Endlich erreicht er sie. Der Mann, dieser neue, dieser Jüngling, der im Krieg im Gesicht und an den Füßen verwundet wurde, der nicht weiß, dass er der Zweite ist, liest die Papiere, begreift.

Niemals erfahre ich Einzelheiten. In Vyborg geht dem Vater Mutters Schande auf. Mutters Schande vergrößert Vaters eigene, ohnehin schon große Schande, sie wird zu einem Teil von Vaters Schande.

Ich erinnere mich an das Gesicht meines Vaters, das gerötete, die Narben ein wenig dunkler als die übrige Haut. Ich erinnere mich an den Ausdruck des Genusses, den die Schande auf Vaters Gesicht erzeugte, den Glanz der Augen, die heisere Erregung, das schweißige Glühen der Haut, eine Nacht nach der anderen, jahrein jahraus, bis zum Ende, wenn der als Bastard abgestempelte Jüngling seine Frau eine Hure schimpft.

16

Wir pflegten Mutter von Januar bis Mai zu Hause. Im März brachte ich meine erste Tochter zur Welt. Meine Schwester kränkelte das ganze Frühjahr hindurch, und wegen der vielen Arbeit, die die häusliche Krankenpflege mit sich bringt, wurde Mutter immer wieder von anderen Leuten gepflegt, oft von einem jungen, unerfahrenen Mädchen, mit der Mutter nicht zurechtkam und die sich allzu offen entsetzte, als sie sah, in welchem Zustand sich meine Mutter befand.

Es ging rasch bergab mit Mutter. In der letzten Zeit

schlief sie wegen ihrer offenen Beine nachts nicht mehr, sondern saß immer nur am Küchentisch, nickte dort ein, rollte gedankenverloren ihre Schürze auf, sodass sie zuletzt immer wie eine große Pergamentrolle über dem Bauchberg lag. Dann schlief Mutter wieder ein, die Zigarette mitunter so zwischen Zeige- und Mittelfinger, dass ich einmal zuerst Mutters Ponyhaar löschen musste, als ich zu ihr kam, das zu feiner schwarzer Asche versengt war, die ihr auf den Augenbrauen lag. Trotzdem, Mutter weigerte sich beharrlich, ins Krankenhaus zu gehen.

Mutter will sich nicht ergeben. Hinter ihrem Eigensinn verbirgt sich eine große Angst. Ich weiß nicht, was sie am meisten fürchtet. Irgendwie habe ich immer geahnt, dass Mutter einen Abscheu vor der Berührung fremder Hände hat. Auch vor meinen Händen zuckt sie manchmal zurück. Ich werde es nie lernen, meine Mutter ordentlich zu umarmen. Das käme mir unnatürlich vor. Ich kann ihr im Vorübergehen über die Haare streichen oder leicht ihren Arm drücken, das ist alles. Mutter scheut sich vor fremder Haut. Katzen hat sie immer erlaubt, auf ihren Schoß zu kommen, anderen nicht.

In letzter Zeit denke ich oft an Mutters Männer. Jetzt kann ich ehrlich in der Mehrzahl sprechen. Mutter hatte Männer, zwei, vielleicht auch mehr. Ich verspüre eine große Erleichterung darüber, dass ich das so sagen kann. Morgens erwache ich in aller Frühe und schaue auf die großen Fichten im Hof, auf ihre Silhouetten, die langsam vor der aufgehenden Sonne schwanken. Ich denke an Mutter, an die Angst, das dunkle Rauschen, und hoffe, dass sie wenigstens einmal in ihrem Leben einen Orgasmus bekommen hat.

17

Eines Tages, als ich noch so klein war, dass ich nach Mutters Hand griff, sobald wir aus der Haustür ins Freie traten, sagt ein Passant, ein wildfremder Mann zu mir oder, richtiger, zu meiner Mutter: Ihr Kind hat aber einen leidenschaftlichen Blick, richtige Schlafzimmeraugen. Mutter erschrickt, nimmt mich rasch auf den Arm und bringt mich im Laufschritt ins Haus zurück. Den Rest des Tages sitzen wir im Dämmer am Küchentisch und schälen kiloweise Kartoffeln. Mutter ist in Gedanken versunken, und ich schnitze aus den geschälten Kartoffelknollen verschiedene Puppengesichter, tief ausgehöhlte Löcher sollen Augen und Münder sein. Ich spüre, wie Mutter mich ab und zu mustert, mit den Knöcheln eine Locke aus dem Gesicht streicht und fortfährt, die Kartoffeln in Scheiben zu schneiden.

Ich könnte Mutter das eine oder andere erzählen, trotz meiner Schüchternheit habe ich genau hingesehen und hingehört. Es geschieht in den Toreingängen und sogar in den Treppenhäusern, ich habe es gesehen und besonders gehört. Ich sitze oft am Fenster und habe gesehen, wie sie es auch unter unserem Fenster im Park tun. Ich habe ein primitives Verständnis davon, dass das ganz normal ist. Dieses Verständnis festigt sich von Tag zu Tag, bald planen sogar einige Freunde von mir, es zu tun. In unserer Familie, innerhalb unserer Wände, geschieht es niemals, in keiner einzigen Nacht, und es wird auch nicht davon gesprochen, wenn man davon absieht, dass der Vater die Mutter als Hure beschimpft. Ich habe mir niemals vorstellen können, dass Mutter mit Vater so etwas tut, absolut nichts in dieser Art. Mit jemand anderem dagegen schon. Wenn ich Mutters Jugendbildnis betrachte, sehe ich einen höchst leidenschaftlichen Blick, ich sehe Schlafzimmeraugen.

18

Die Hände von Mutters Liebhaber. Die Haut. Von diesem Gedanken werde ich lange zehren. Die Hände eines sehr zärtlichen Liebhabers. Das Gesicht sehe ich nicht, von dem übrigen Körper kann ich nichts wissen, darüber werde ich niemals etwas erfahren, aber die Hände, die sanfte Erinnerung an deren Haut habe ich viele Male geahnt. Die Erinnerung an die Hände des Liebhabers lässt den empfindlich-mürrischen Blick meiner Mutter plötzlich weich werden, erhellt einen Alltagsmoment meiner Kindheit. Jetzt, im Licht des neuen Wissens – oder besser im Schatten, im Dämmer – finde ich es aufregend, mir vorzustellen, dass meine Mutter vor meinem Vater einen Mann gehabt hat, einen heimlichen Geliebten, einen unbekannten jungen Mann, mit dem Mutter sich bereitwillig geliebt hat, es genossen, die Augen geschlossen und den Kopf zurückgelegt hat. Hier bin ich, nimm mich, nimm mich.

19

Sie erinnert sich, wie sie der Mutter ins Gesicht spuckte, so lange spuckte, bis ihr der Mund ganz trocken und der Atem ausgegangen war. Die Mutter lächelte, jenes besiegte Lächeln, das sie immer dann lächelte, wenn es am meisten schmerzte. Mutter nahm die Schläge lachend entgegen, warf den Kopf nach hinten, drückte die Hände auf die Schenkel und lachte. In Vaters Gebrüll, wenn er im Delirium war, in die Drohungen und Schläge mischt sich in ihrer Erinnerung oft das schreckliche, unaufhörliche Lachen der Mutter.

Eines Tages zwingt die Mutter sie, sich die Haare abschneiden zu lassen. Die langen, bis an die Hüften reichenden Haare. Auf der Straße drehen sich die Leute nach ihr um, und in der Schule werden ihre dicken Zöpfe mit beiden Händen gedrückt und sie selbst unter unverhohlenen Seufzern beneidet.

In diesem Herbst hat die Mutter beschlossen, dass ihre Haare ganz kurz, zu einer Jungenfrisur, geschnitten werden sollen. Sie schreit vor Entsetzen und spuckt ihrer Mutter ins Gesicht. Danach weiß sie nicht mehr, was schrecklicher ist, das Spucken in das gezwungen lächelnde Gesicht der Mutter oder deren sinnloser Beschluss, dass die Haare ab müssen. Die Schande jedenfalls ist doppelt.

Am nächsten Tag setzt sie sich zum ersten Mal im Leben in den Stuhl einer Friseuse. Die Mutter will ihr diesmal die Haare nicht selbst schneiden, und so gibt sie ohne ein Wort ihre Haare her, verfolgt im herzförmigen Spiegel, wie die scharfe Schere um ihren Kopf herumklappert, bringt dann ihrer Mutter zwei lange Zöpfe nach Hause, legt sie vor die Mutter an den Rand des Küchentischs wie einen Butterzopfteig, bevor er mit Ei bestrichen wird. Die Mutter raucht ruhig ihre Zigarette zu Ende und bringt die Zöpfe dann in die Kleiderkammer, packt sie in eine Plastiktüte und bindet diese mit einer Kordel zu. Dort bleiben ihre Haare, für Jahre, unter all den anderen Sachen, die Mutter sorgfältig verpackt hat.

Sie weiß nicht, ob sie sich das nur einbildet, aber die Mutter erscheint ihr nach dieser Episode oft irgendwie entrückt.

20

Die Visiten, zu denen der Arzt junge männliche Studenten mitbringt, sind für Mutter eine Tortur. Sie kämmt sich das dünne Haar aus dem Gesicht, streicht mit spuckefeuchtem Finger über die Brauen und zieht ihre Jacke zurecht, sieht nach, ob auch alle Knöpfe wirklich geschlossen sind. Die Decke soll in einer bestimmten Weise glatt liegen, die Kissen zu beiden Seiten des Kopfes wie Engelsflügel, die Zehen dürfen am Fußende nicht herausgucken, auf den Nachttischen dürfen keine störenden Gegenstände sein, Abführpillen, Nierenschalen und zumal die Windeln müssen unbedingt aus dem Blickfeld, in der untersten Schublade des Nachttischs verschwinden, Tokalon-Creme und 4711 ordentlich nebeneinander stehen, die Flecke von Trichter und Flasche weggewischt werden.

Auf den Fotos, die sich von der Flucht erhalten haben, bildet Mutter immer den Mittelpunkt und hat einen Schwarm Männer um sich herum. Einige der Männer sind Brüder, aber es sind auch andere darunter. Ich kenne ihre Gesichter nicht. Ich weiß nichts von ihnen. Niemand hat es mir erzählt. Und jetzt ist es absolut zu spät. Ich bin noch keine vierzig und muss doch bei so vielen Dingen sagen: zu spät. Ich betrachte die ovalen blassen Männergesichter durch das Vergrößerungsglas und frage mich bei jedem: Bist du Mutters so zärtlicher Liebhaber? Kanntest du die wunderbare Weichheit von Mutters Haut?

Breitkrempige Filzhüte, die das eine Auge verschatten, silberne Zigarettenspitzen, gut sitzende, gestreifte Anzüge, kunstvoll gekämmte, glänzende Haare, hochgezwirbelte Schnurrbärte, runde Brillengläser, Lächeln, das ein wenig angespannt wirkt, ich spreche zu euch, ihr Gierigen und Verschwundenen, wer von euch hat diese junge Frau mit dem Pagenkopf und den dunklen Brauen verführt, die meine Mutter wurde?

21

Einige Tage nach Mutters Tod eile ich in die Abteilung C 2 des Krankenhauses, öffne das Eingangsportal und steige die vertraute Treppe in den ersten Stock hinauf. Die Fahrstühle heulen beim Anhalten, die Essentabletts scheppern in den Fächern der metallenen Transportwagen, irgendwo spielt leise ein Radio, die Zwölfuhrschläge und der Sinnspruch des Tages. Plötzlich bleibe ich stehen. Ich drehe mich um und laufe die Treppen wieder hinunter, pralle mit jemandem zusammen, der am Portal seinen Blumenstrauß auspackt, stürme an ihm vorbei auf den Hof und renne so lange, bis ich sicher bin, mich außerhalb des Krankenhausgeländes zu befinden. Erst spät am Nachmittag kehre ich nach Hause zurück. Ich kehre zu genau derselben Zeit zurück wie sonst, wie fast an jedem Tag während der vergangenen drei Jahre. So bin ich, ich bin eine richtige Sterbebegleiterin. Am nächsten Tag werde ich wieder unruhig, als es auf die zwölf Uhr zugeht. Und am nächsten und übernächsten Tag. Um zwölf Uhr Essen, hier ist das Tablett Ihrer Mutter, bitte schön. Ich und die anderen Sterbebegleiterinnen warten, lächeln bereitwillig, schweigend und beobachten einander wortlos bei dem, was wir tun. Lätzchen, Schnabeltassen, Waschhandschuhe, die Mittagsmedikamente in kleinen, durchsichtigen Döschen, als Nachtisch Eis oder Banane, die Bürsten für die Zahnprothesen am Rande des Waschbeckens aufgereiht, Desinfektionsmittel für die Hände, die Salbe für die wund gelegenen Stellen, Plastikhandschuhe, am Spiegel ein Aufkleber: Liebe deinen Nächsten wie dich selbst.

22

Gehen wir in der Zeit noch weiter zurück, kehren wir in die Zeit zurück, in der ich die anderen Sterbebegleiterinnen noch nicht kennen gelernt habe, in der ich noch nicht weiß, dass ich viele Schicksalsgenossinnen habe, ebenso empfindende, ebenso handelnde.

Ich bin noch nicht reif genug, nicht demütig genug. Mit gebleckten Zähnen versetze ich Mutters Wohnungstür jedes Mal, bevor ich den Schlüssel ins Schloss stecke, einen Fußtritt, sodass das Namensschild klirrt. Ich bin wütend, verbittert und müde und habe das alles bis oben hin satt, zum Teufel mit der ganzen Kriegsgeneration, wären sie doch allesamt in den karelischen Wäldern verreckt, auch Mutter, die in letzter Sekunde aus dem Flammenmeer von Vyborg gerettet wurde.

Ich weiß noch nicht, dass genau dieses Treten und Zähnefletschen, das Schimpfen und sich Wehren in kleinen Dingen die Reibung ist, derer es bedarf, ehe man beginnt, sich zu fügen. Wenn man anfängt, sich zu fügen, beginnt auch die Genesung – das wurde der gemeinsame Slogan von uns Sterbebegleiterinnen, damit trösteten wir uns an den vielen späten Abenden, wenn wir den gazeartigen Schlaf unserer Mütter bewachten.

Die Wochen, bevor die alte Frau ins Krankenhaus kam. Als Ärzte und Gemeindeschwestern einmütig die Verantwortung auf die Angehörigen abwälzten. Wenn nichts mehr zu machen ist, nichts innerhalb der vier Wände der Wohnung. Wenn alle müde und besorgt sind, wenn es von allem gleichzeitig zu wenig gibt: Zeit, Geld, Ressourcen. Wenn es dem Mittelpunkt und Kern all dessen, dem alten Menschen, von Tag zu Tag schlechter geht und er nicht bereit ist, seinen eigenen Zustand einzusehen, sondern hartnäckig behauptet, zurechtzukommen. Wenn die Kontrollanrufe sich überschneiden und mehrere Leute gleichzeitig anrufen, sodass die Nummer ständig besetzt ist und alle besorgt und nervös sind. Wenn schon so viele Krankenschwestern einen Nachschlüssel haben, dass man den Überblick verliert. Wenn die ganze Pflege anfängt, eher an eine Hetzjagd als an Fürsorge zu erinnern. Wenn Nachmittage kommen, wo alle Beteiligten weinen, die Ärztin von der Ambulanz, die Gemeindeschwester, meine Schwester, ich und wieder eine neue Hauswirtschaftspraktikantin. Wenn das trübe Licht zwischen den fast ganz zugezogenen Küchengardinen hereindringt und die von der Heizung aufsteigende Wärme die Vorhänge eine Spur aufseufzen lässt. Wenn es einem so vorkommt, als schafften es auch die Zeiger des alten grünen Weckers nur mit Mühe und Not, in Richtung Abend vorzurücken.

23

Auf dem Bahnhof von Vyborg steigt gegen Mittag eine Frau aus dem Zug, die nicht in dieselbe Richtung geht wie all die anderen. Sie weiß einfach nicht, wohin sie sich wenden soll. Der Geruch berauscht sie, das ist der erste Sinneseindruck, der sie auf dem Boden von Vyborg völlig gefangen nimmt. Die Frau atmet tief durch und spürt den Geruch von geteerten Eisenbahnschwellen, von Koks, verrosteten Schienen, Öl, Urin und vor sich hin modernden Abfallhaufen. Es ist ein schöner Tag Ende August, vielleicht sogar zu warm, die Hitze vibriert über den Schienen, die nach St. Petersburg führen, und bisweilen hat es den Anschein, als führten die Schienen geradewegs nach oben, in den dunstig blauen Himmel. Irgendwo in der Nähe, hinter einem hohen Bretterzaun und den Linden, steigt dicker, schwarzer, beißender Qualm auf.

Die Frau weiß nicht, in welche Richtung sie gehen soll. Sie hat einen Zettel, auf dem Namen von Straßen, Behörden, Archiven, Cafés, Restaurants und Parks stehen. Sie will sie alle finden, auch wenn es nur Ruinen oder undefinierbare Gruben wären, denn sie hat schon gelernt, alles Zusammengebrochene und Eingestürzte zu lieben.

Sie hat gelernt, ihre Mutter zu lieben.

Die Mutter ist tot, und nun weiß die Frau ein wenig mehr. Sie weiß, dass die Mutter einst, vor langer Zeit, nach Vyborg floh, vor ihrer eigenen Vergangenheit, vor ihrer Familie, vor der Atmosphäre und dem gesellschaftlichen Leben der Kleinstadt, dass sie eine leidenschaftliche, unerlaubte Romanze und ein uneheliches Kind, eine kaum sechs Monate alte Tochter, hinter sich gelassen hat, dass sie versuchte, ihr junges Leben von vorn zu beginnen, versuchte, sich selbst zu verzeihen und noch eine Chance zu geben.

Vyborg war für Mutter dasselbe wie eine neue Heimatstadt, eine neue Arbeitsstelle, eine neue Liebe, ein neues Kind. Aber hat Mutter wirklich je von sich selbst Verzeihung erlangt, hat sie sich selbst Absolution erteilt? Ist es ihr gelungen, ihr Gewissen von der Schuld zu befreien? Hatte Mutter das Gefühl, in Vyborg eine anständige Frau zu sein?

Die Frau hört die tiefe, heisere Stimme ihrer Mutter routinemäßig wiederholen: Vyborg gefiel mir, denn Vyborg war eine freisinnige und entspannte, schöne und fröhliche Stadt.

Der Gesichtsausdruck der Mutter war immer so ablehnend und nachdenklich, wenn die Rede auf Vyborg kam, dass die Frau vermuten musste, dass all die Worte etwas ganz anderes bedeuteten. Das einzig Glaubhafte, und auch das war nicht mehr als ein kurzes Aufflackern in den Augen der Mutter, war, dass die Vyborger Sommer sie an die Kleinstadt ihrer Jugend mit ihren Ufern, Parks und baumbestandenen Boulevards erinnerten.

Auf der Bahnstation Vyborg steht gegen Mittag eine Frau, die allmählich von einer mit Unbehagen gemischten Heimkehrfreude erfasst wird. Freu dich und schäm dich, wie der Text auf einem Fußabtreter lautet.

Diesmal hat die Frau beschlossen, sich keiner Nostalgie hinzugeben, die größer wäre als das Leben. Sie hat beschlossen, den Anteil des Vaters einstweilen zu vergessen, nicht an sein Geheimnis zu denken, seine obskure Herkunft, seine düstere Kindheit, seine unruhigen Reisen nach dem Krieg in Richtung Osten, mal angeblich als Dolmetscher, mal als Reiseführer, an all die eingeschmuggelten Schmuckstücke, Uhren, Ikonen, die Angst, erwischt zu werden, die nächtlichen, in russischer Sprache geflüsterten Telefonate, Geschäfte, charaschó, zuletzt immer ersticktes Weinen, Geklimper auf der Balalaika am Fenster, das einen Spaltbreit offen steht, die Schuheinlage, gegen die Heizung gelehnt, nein, sie hat beschlossen, jetzt der Mutter auf ihrer Flucht zu folgen.

Im Zug sah sie sich die meist allein sitzenden Japaner und einige französisch sprechende, englische und deutsche Mitreisende an, die meisten von ihnen in Gedanken versunkene, allein reisende Frauen, die ihrem Alter und auch ihrem Gesichtsausdruck nach zu urteilen auf einer ebensolchen, der Erkundung eines Fluchtwegs dienenden Reise sein mochten wie sie selbst. Da saßen sie in ihren Waggons, die eine hatte einen Walkman auf, eine andere murmelte etwas in ihr Diktiergerät, eine Dritte hackte etwas in ihren Laptop und schüttelte sich zwischendurch die Handgelenke aus, wieder eine andere machte ein Nickerchen oder schaute, zerstreut lächelnd, aus dem Fenster. Sie hatte das Gefühl, zu ihnen zu gehören. Sie war eine dieser traurigen Wanderinnen, unterwegs nach Osten und im Innersten auch dorthin gehörig. Sie war allein auf dieser Reise, denn sie hatte niemanden dabeihaben wollen, sie hätte niemanden mitnehmen können, dies war ihre Reise und nur ihre. Freude und Schande kommen einzig und allein ihr zu.

Sie geht mit großen Schritten den Bahnsteig entlang. Eine Schar hungriger, streunender Katzen auf den Fersen, die unverschämtesten schlagen ihr im Vorbeitrotten gegen die Fußknöchel.

Sie beschleunigt ihre Schritte, fast im Laufschritt strebt sie dem Zentrum der verlorenen Stadt zu, der Stelle, von der der dichte, dunkle Rauch Richtung Bahnhof wallt.

Überall ringsum derselbe planlose Wiederaufbau, der exzessiv begonnen wurde und in zusammenhanglosen, halbfertigen gelb-grauen Plattenbauten endete, in Ziegelhaufen, Betonbergen, mit Butterblumen bewachsenen Koksbergen, verrosteten Schienenpaaren, die plötzlich anfangen und ebenso plötzlich aufhören, in seltsam verwilderten Brachen, auf denen Beifuß und dahinkümmernde junge Birken über kurz oder lang alles überwuchern.

Sie öffnet die obersten Knöpfe ihres Kleids und lässt den warmen, nach Koks riechenden Wind an ihre Haut, spürt, wie ihre Brüste hart werden und die Haut der Oberschenkel empfindlicher, wie von der Berührung einer warmen Männerhand.

Sie erinnert sich an ein Märchen, das die Mutter ihr erzählt und ihre ganze Kindheit hindurch variiert hat und in dem immer die gleiche Situation herrschte: Die Hauptperson beschließt, mit dem ersten besten, zufällig Entgegenkommenden etwas Ausgefallenes zu tun, meistens etwas Unerhörtes und ein wenig Furcht erregendes.

Mutter sprudelte über von Märchen und Geschichten, und manchmal kam es ihr so vor, als wäre die Mutter richtig froh, wenn die Tochter krank war und tagelang nicht zur Schule gehen konnte. Dann setzte die Mutter sich am Rand des Klappbetts zurecht und begann zu erzählen. Und immer kam irgendein merkwürdiger, wildfremder Mensch daher.

Die Mutter, die immer so besorgt war und nicht

müde wurde, sie zu warnen. Die Mutter, die menschenscheu und extrem misstrauisch war. Die Mutter, die niemals von Männern, Liebe, von der Sehnsucht der Haut, von der Sinnenfreude sprach.

24

Das kleine, zarte Mädchen tanzte auf dem Hof des Häuserviertels den Tanz der sieben Schleier. Die Fenster flogen krachend auf, im Hof versammelten sich die Leute, um zuzusehen, manche setzten sich auf die Granitstufen, die kleinen Jungs kletterten auf die Maschendrahtzäune, jemand erklomm das Wäschegestell. Das Mädchen tanzte mit ausgefransten Chiffontüchern, einige davon waren ein Geschenk der Pioniergruppe, andere hatte sie im nahen Park gefunden, im Gebüsch. Das waren die Tücher, mit denen die großen Mädchen ihre Knutschflecken verdeckten. Alle Farben des Regenbogens hatte sie sich um die Hüften drapiert, und es kam ihr so vor, als lehnten sich selbst die siebenstöckigen Ziegel- und Betonwände vor, wenn sie tanzte. Sie tanzte mit geschlossenen Augen, sie tanzte und spürte, wie eine vibrierende Kraft in ihren ganzen Körper strömte. Sie tanzte und wusste, dass jedes einzelne Augenpaar wie festgenagelt an ihr hing. Sie tanzte und erkannte, dass sie für so etwas geboren war, das wusste sie, das spürte sie, sie konnte das so gut, dass die anderen ebenso viel Freude daran hatten wie sie selbst, und mit der Zeit konnte sie davon gar nicht genug bekommen, um diesen Hunger ihres Körpers zu stillen, dieses grausame Gefühl von Kraft, das sie an jenem Abend ihres Tanzens zum ersten Mal verspürte.

25

Sie erinnerte sich oft an ihre Liebhaber, unabhängig davon, wie geschickt oder bereichernd sie gewesen waren. Sie erinnerte sich an jeden von ihnen und rief sich die schönsten gemeinsamen Augenblicke in Erinnerung, dankbar für die Wonne, die die Liebhaber ihrem gierigen Körper geschenkt hatten. Sie hatte das Glück gehabt, viele zärtliche Liebhaber gekannt zu haben, die sie mit Freuden liebkosten. Sie war auch einigen Frauen begegnet, die über ebensolche, in den Codes der Sinnenwelt als heilig zu bezeichnende Fertigkeiten verfügten.

Zu ihren leidenschaftlichsten Zeiten unterhielt sie mehrere Beziehungen gleichzeitig. Hemmungslos genoss sie die physische Befriedigung und die Abwechslung, die die verschiedensten Liebhaber ihr bereiteten. Sie traf sich nacheinander mit Jungen und Alten, suchte in der Umarmung des einen wilde Lebensfreude und in der des anderen die manische Düsternis der Todesnähe. Auch auf Reisen suchte sie unablässig die Ekstase, es vergingen Jahre, in denen nichts ihr unruhiges Suchen verhindern konnte, keine tiefere Beziehung, keine einzige festere Freundschaft, das Verklammern der Hände, den rascher gehenden Atem, die brennenden Augen. Es verlangte sie nach dem Druck auf dem Becken und den feuchten Lippen, sie wanderte kreuz und quer durch die Welt und erwartete neugierig-erregt den immer neuen, hinter der Ecke auftauchenden, nächsten Entgegenkommenden.

Fast ebenso sehr wie ihre Liebhaber genoss sie die Augenblicke, in denen sie sich im dämmrigen Zimmer ihrer Mutter gegenübersetzte, in dem Zimmer, das so dämmrig war, dass die Mutter das verlaufene Make-up und die Spuren des Liebesakts auf ihrer Haut nicht erkennen konnte. Sie lehnte sich auf ihrem Stuhl zurück und betrachtete die Gegenstände ihrer Kindheit. Sie drückte ihren Brustkorb heraus und genoss es, dass die dunklen Höfe ihrer Brustwarzen sich unter der weißen Spitzenbluse abzeichneten. Sie waren fast blau-rot, es war erst wenige Augenblicke her, dass ein Mann voll Leidenschaft in sie hineingebissen hatte.

Sie setzt sich vor ihrer Mutter hin und nimmt lächelnd ein Stück trockenen Dattelkuchen entgegen, der ihr auf die Bluse krümelt, als sie die dunkle, dreieckige Scheibe in die Hand nimmt. Der Duft des Mannes hängt an ihren Händen, an ihrem Gesicht, an ihrem Schoß. Sie schluckt die Kuchenstücke nahezu gewaltsam hinunter und schüttet den Instantkaffee hinterher, den die Mutter gemacht hat und der immer gleich schwarz und bitter ist. Sie trinkt aus einem von der Hitze des Getränks eingedellten Joghurtbecher, wie sie die Mutter als Kaffeetassen verwendet.

Der Ring, er gehört zu diesem Augenblick, der Rubinring, den sie sich ohne Erlaubnis aus Mutters geheimem Aufbewahrungsort geholt hat, den dreht sie immer mit dem Daumen blitzschnell nach innen zur Handfläche, wenn sie der Mutter gegenübersitzt, sodass man den blutroten Stein nicht sieht, nur den schmalen, goldenen Reif, so dünn, dass die kurzsichtige Mutter auch ihn nicht bemerkt. Der Ring ist von brennendem Rot, Mutter findet ihn grell und trägt ihn deshalb nie. Auch ist der Stein zu groß und in obskurer Weise oval, während er doch ebenmäßig rund oder viereckig hätte sein sollen. Dem Mädchen gefällt der Ring. Sie weiß, dass der Vater ihn aus dem Osten eingeschmuggelt hat, so wie all die Uhren und auch die Ikonen, und so erscheint es ihr fast natürlich, ihn der Mutter zu entwenden, wann immer sich die Gelegenheit dazu bietet. Wenn sie die Wohnungstür hinter sich zugezogen hat, steckt sie sich den Ring an den linken Ringfinger und wedelt mit der Hand, betrachtet den Stein im hellen Licht des Treppenhauses, der Rubin glüht, die ganze Hand ist wie die einer fremden Frau, einladend, warm, willig zu ergreifen, zu drücken.

Diese Augenblicke am Küchentisch der Mutter im dämmerigen Zimmer, das verschmierte Make-up, die verbeulten Kaffeebecher, die Kuchenstücke, die durch die dünne Bluse hindurchschimmernden Brustwarzen, der schändliche Ring, verborgen am Finger, das alles war für sie, die Frau, wichtig. Dadurch wurde sie zu dem, was sie jetzt ist. Ihre Sinnlichkeit hing immer irgendwie – wie sie damals noch glaubte – mit der völligen Gehemmtheit und Unerfahrenheit der Mutter zusammen.

26

Die Frau, die mit wiegenden Hüften in Vyborg den Bahnsteig entlanggeht, ahnt bereits, dass die in ihren Adern pochende Leidenschaft doch von der Mutter stammt, und sie vermag noch nicht zu sagen, welches von all dem neuen Wissen ihr die erschütterndsten Erkenntnisse bescheren wird: die Tatsache, dass jene im Küchenwinkel hockende Gestalt in Wirklichkeit eine lebenshungrige Frau war, die der Meinung ihrer Umgebung trotzte, oder die, dass diese Mutter ihrer Tochter wohlweislich all die Dinge verheimlichte, von denen die Tochter am ehesten hätte hören wollen, aus denen sie Weisheit und Kraft für ihr eigenes Leben hätte schöpfen können.

Oder war es das Schlimmste, dass sich in der pedantischen, nussäugigen alten Frau eine Person verbarg, die ihr Kind verlassen hatte, die grausam und skrupellos ihrem eigenen Glück hinterherjagte und sich aus dem Durcheinander ihrer eigenen Vergangenheit bis nach Vyborg absetzte, sich trotz Krieg und Chaos auf die verzweifelte Flucht nach Osten begab, abreiste, ohne sich von irgendjemandem zu verabschieden, ohne auch nur irgendjemandem eine Anschrift zu hinterlassen, nicht einmal der eigenen Mutter?

Wiegend geht sie weiter in ihrem teuren, unvorstellbar dünnen und eng anliegenden Minikleid aus Seide, sie, die etwas herausbekommen hat, sie, der das Herausbekommen, das Hinaufsteigen auf die ersten Stufen einer Ahnung gleichsam schon einen kleinen Vorschuss, ein Gran Befreiung, Sühne, auch Gnade verschafft hat. Sie spürt, dass ihr schon etwas verziehen worden ist, das sie noch gar nicht in Worte kleiden oder der überflüssigen Worte entkleiden kann. Das neue Gefühl ist, als betrachtete sie nach einem Augenblick des Genusses in Ruhe den nackten Rücken, die Furche des Rückgrats mit den vielen kleinen Erhebungen inmitten der Muskeln, die Bögen der Schulterblätter unter der feinen Haut, das jähe Abtauchen der Schultern, das zum Nacken wird, den jähen Übergang zu verschiedenfarbiger Körperbehaarung, etwas, das sich zu Bartstoppeln, zu einem Pagenkopf, zu einem Pferdeschwanz entfaltet. Das Gefühl ist klar und vage zugleich, etwas, das sich leise rührt, etwas, von dem sie nun weiß, dass es dauerhaft beherrschbar ist. Jetzt hat sie das Wissen, kein entscheidendes und kein endgültiges Wissen, das wird sie niemals bekommen, das akzeptiert und versteht sie allmählich. Von den wenigen noch lebenden Verwandten erwartet sie keine neuen Enthüllungen und Bekenntnisse mehr, nein, so weit kennt sie ihre Mutter nun schon, diese neue Mutter, diese tote Frau, die Frau, die einst eine samtweiche Haut und einen zärtlichen Liebhaber hatte, die Frau, die ihrem Begehren nachgab, die Frau, die dennoch alle Sinne beisammen hatte, die Sinne, deren stufenweises Schwinden die Tochter bis zum Ende mit ansah. Diese Frau, die nach ihrem Tod in den Augen der Tochter neu geboren wurde, hatte es wahrhaftig vermocht, ihr Geheimnis zu bewahren.

27

Im Marienkrankenhaus sehen sie uns groß an, forschend, so als hätten wir uns der unterlassenen Hilfeleistung schuldig gemacht. Sie blicken abwechselnd auf den Körper unserer Mutter, der voller Wunden ist und halb besinnungslos daliegt, auf die Krankenschwester, die der Mutter mit geschürzter Oberlippe die Schlüpfer, den Morgenrock und die Schürze vom Leib schneidet, und auf uns, die wir erschöpft sind und doch erst am Anfang unserer eigentlichen schweren Aufgabe stehen. Sie füllen ihre Papiere aus und stellen ihre stellvertretenden Fragen, sie wissen nicht, wie angstvoll und erleichtert wir sind, weil wir ihnen gleich unsere Mutter überlassen können, diese ironisch lächelnde, verletzte Frau, die noch mit letzter Kraft versucht, der Krankenschwester, die ihre blutigen Beine mit warmem Wasser übergießt, einen Fußtritt zu versetzen.

Ich betrachte den hinfälligen Körper meiner Mutter fast gierig und verspüre bei diesem erschütternden Anblick eine ebensolche Neugier wie damals, als ich vier Jahre alt und mit ihr zusammen im Badezimmer war. Ich war schüchtern, versuchte, Mutters muskulösen Körper, die üppig schwellende Haut im Spiegel auszuspähen. Immer hatte ich das Gefühl, dass ich zu wenig sah und nur einen kleinen Teil von dem verstand, was das Auge registrierte.

Später verkehrte sich die Situation in ihr Gegenteil. Sobald ich auch nur versuchte, mich in einem Winkel des Korridors auszuziehen, spürte ich Mutters Blick auf meiner Haut. Wenn ich mich umwandte, sah ich noch die dunklen Augen hinter der Glastür, der von Zweifeln gebeutelte starre Blick verfolgte mich überall, zu jeder Zeit. Manchmal, wenn ich ins Bad ging, ließ ich die Tür absichtlich einen Spaltbreit offen und genoss es fast, vor den verstohlenen Augen meiner Mutter aus der Wanne zu steigen. Ich richte mich zu meiner vollen Größe auf, recke mich, weiß sehr wohl, wie ich aussehe mit der von Wassertropfen blitzenden Haut, den steilen, gerade erst erblühten Brüsten, dem Dreieck zwischen den Beinen, das schon dicht behaart ist.

Auf der schmalen Pritsche des Marienkrankenhauses ist Mutter mir endgültig ausgeliefert, jetzt betrachte ich mit erbarmungsloser Neugier ihre hilflose Nacktheit, und Mutter versteht das und hasst mich von Herzen. Ihre Pechaugen lodern, ich höre einen matten Laut und wende mich schließlich ab. Die Krankenschwester bemüht sich, Mutters erschöpftmissmutiges Gebrummel zu verstehen, und zieht dann einen Augenblick später den Vorhang um das Bett herum.

28

Der nächste Tag ist Pfingsten, Muttertag. Mutter ist nachts nach Koskela verlegt worden, ich finde sie, irre redend und ans Bett geschnallt, mit flackernden Augen im Gang der brechend vollen Aufnahmestation.

Ich mache eine tollkühne Ausnahme: Ich bringe Mutter Blumen, obwohl ich im Laufe meines Lebens wahrhaftig gelernt habe, dass Mutter es nicht ausstehen kann, wenn man ihr Blumen schenkt, und schon gar nicht die, die ich jetzt im Arm halte, aber dieser Augenblick ist nun einmal so ungewöhnlich, dass ich die Regel verletze und Mutter gleich als Erstes die Stiefmütterchen und den weißen Flieder überreiche, die ich bei mir auf dem Hof gepflückt habe und bei deren Anblick die Mutter sofort laut zu schreien beginnt.

Einen Augenblick lang glaube ich, dass Mutter jetzt einen Anfall bekommen hat, an dem sie sterben wird. Mutters Gesicht ist dunkelblau, ihre Hände zerren an den Riemen, ihre blutunterlaufenen, aus den Höhlen tretenden Augen starren blicklos an die Decke.

Bevor die Schwestern und der Arzt da sind, spricht Mutter plötzlich zu mir, erzählt mir unfassbar deutlich, mit ruhiger, tiefer Stimme die wichtigste Sache ihres Lebens.

Ich hatte einmal einen zärtlichen Liebhaber, einen sehr zärtlichen Liebhaber, sagt Mutter.

Während sie spricht, sieht sie mir unverwandt in die Augen. Ohne mit der Wimper zu zucken.

Mein Liebster, flüstert Mutter, mein zärtlicher Geliebter. Wenn du ihn triffst, grüß ihn von mir, grüß meinen Liebsten von mir. Alles ist gut, es geht uns beiden gut.

Ich stehe da und rühre mich nicht, Mutter liegt vor mir, mit festgeschnallten Armen und Beinen, und spricht zu mir von Liebe.

Lass das Fenster ruhig einen Spalt offen, flüstert Mutter. Ich schaue so gern auf den weißen Flieder vor dem Hintergrund des Meeres. Ich warte so sehr auf ihn, grüß meinen Liebsten von mir, die Kleine hat so schöne stiefmütterchenblaue Augen, die hat sie vom Vater.

Mutter schließt die Augen und schweigt. Ich löse ihr die Riemen und lege ihr die Blumen in den Arm. Mutter richtet sich im Bett auf, summt matt irgendein Lied, hält die Blumen vorsichtig im Arm, liebevoll, beginnt sie im Arm zu wiegen.

Alles ist da. Der Countdown des Geheimnisses. Ich bin verdutzt, neugierig, erschüttert. Alles ist da. Die Stiefmütterchen, der Flieder, das Meer. Mutters Tat, Mutters Flucht. Fast enthüllt. Drauf und dran, für mich auf die Welt zu kommen.

Mutter phantasiert, summt, lächelt und wiegt den Kopf hin und her, Mutter ist in die kleine Stadt zurückgekehrt, in ihre Jugend, zu ihrem Liebhaber, zu dem Kind, zu den Ursprüngen ihres Rätsels.

Ich weiß von nichts. Ich habe weder genügend Kenntnisse noch den Mumm, auch nur etwas zu ahnen. Ich bin nur sehr müde und erleichtert und voller Angst. Ich nehme Mutters Gerede nicht ernst; natürlich hat Mutter meinen Vater und meine Schwester gemeint, sind die Augen meiner Schwester nicht tiefblau?

Und anderntags ist Mutter schon wieder so weit auf dem Damm, dass sie zu ihrem bärbeißig-temperamentvollen Selbst zurückgefunden hat, mit klar abgegrenzten Revieren. Und die Blumen, die sind irgendwohin verschwunden, mich ergreift ein unwirkliches Gefühl: Vielleicht hab ich sie ihr gar nicht mitgebracht?

Über diesen Zwischenfall sprechen wir niemals. Ich frage nicht danach, und Mutter erinnert sich nicht daran oder tut so, als erinnere sie sich nicht. Etwas von Mutters Worten dröhnt jedoch in mir nach, erweckt in mir das kleine Mädchen zum Leben, das in der Brahestraße auf der Fensterbank sitzt, das immer so erpicht auf das Geheimnisvolle an Mutter war, gierig selbst nach jedem Nebensatz der Mutter.

Vorsichtig spreche ich mit meiner Schwester darüber, aber sie schüttelt nur verlegen den Kopf, hebt die Achseln. Und es gibt niemanden sonst, dem ich es erzählen, den ich fragen könnte.

29

Meine Mutter war im Krankenhaus natürlich nicht die Einzige, die mir allein schon wegen ihres Geburtsdatums als ein wandelndes Mysterium erschien; war Mutter doch in einem anderen Reich, im Großfürstentum Finnland, geboren.

Mutter wusste so wie viele Frauen ihrer Generation alles über die Zarenfamilie und wurde nicht müde, sich auch für die anderen europäischen Blaublütigen fanatisch zu interessieren.

Mutter hegte im Laufe ihres Lebens eine Begeisterung für Anastasia, die von Zeit zu Zeit hervorsprudelte, und dann erzählte sie uns Töchtern im Dämmerlicht der Tischlampe in der Küche wieder und wieder mit gesenkter Stimme die ganze Geschichte, wobei sie eine Zigarette nach der anderen im Aschenbecher ausdrückte. Sie analysierte den ganzen spannenden Ablauf der Ereignisse und formte ihn so aus, wie es sich ihrer Ansicht nach zugetragen hatte. Mutter war davon überzeugt, dass Anastasia überlebt hatte. Die Geschichte der mit knapper Not entkommenen kleinen Prinzessin bewegte Mutter jedes Mal wieder so sehr, dass sie zuletzt immer an das schmale Fenster der Kochnische trat und weinte. Manchmal schob sie sich mitsamt den Schultern durch den schmalen Spalt nach draußen und rauchte langsam ihre Mentholzigaretten, sodass nur die Glut der Zigarette und Mutters scharf gezeichnete Silhouette zu sehen waren, wenn ich durch das Fenster des Nachbarzimmers nach ihr lugte.

Mutter vergaß Anastasia auch im Krankenhaus nicht. Bis zuletzt flüsterte sie uns gern etwas über die Töchter des Zaren zu, erzählte sie uns von den weißen Prinzessinnen und der einen schwarzen wilden, die entfliehen konnte. Die schwarze Prinzessin war Mutter, Mutter selbst hatte immer das Gefühl gehabt, anders zu sein – schon vor ihrem großen Sündenfall. Dieses Gefühl nährte Mutter immer gern mit allen möglichen Geschichten von verwechselten adeligen Kindern, und natürlich liebte sie Mika Waltari besonders wegen seiner Erzählung von dem Königssohn im Schilfkörbchen.

In ihrem Elternhaus, unter ihren robusten, vollblütigen Brüdern hatte Mutter immer eine Sonderstellung eingenommen, war ein etwas verwöhntes Mädchen aus gutem Hause gewesen. Die Jugend war Mutters Hof, Mutter die kleine Prinzessin der Stadt, in ihren Studentenkreisen genoss sie bis zum Vorabend des Krieges die Rolle einer gefeierten Schönheit.

Mutter verlangte von ihrer Umgebung auf die eine oder andere Art immer eine Sonderbehandlung und war oft auch in lächerlichen Kleinigkeiten extrem empfindlich. Ihre mimosenhafte Schamhaftigkeit behielt sie auch in der Abteilung für chronisch Kranke bei, bis zum Schluss. Nie gewöhnte sie sich an die Windeln und wollte auch nicht darüber sprechen. Sie wurden in den untersten Schubladen ihrer Nachttische aufbewahrt, verstohlen hervorgeholt, versteckt, und schweigend und beiläufig wurde die Operation des Wechselns vollzogen, möglichst rasch, möglichst unbemerkt. Die männlichen Krankenpfleger, die Mutter im Übrigen gern hatte, durften sich niemals am Waschen ihrer unteren Regionen beteiligen, geschweige denn ihre wund gelegenen Stellen in der intimen Zone salben. Das war sehr ungewöhnlich in der Abteilung für chronisch Kranke von Koskela, und nicht alle Krankenschwestern, die Mutter pflegten, lernten es, diese Eigenheiten der mit ihrem Gebiss klappernden Greisin zu verstehen.

Tief in ihren Kissen ruhend, zerbrechlich, dennoch immer noch gleich willensstark, wirkte Mutter wirklich eher wie eine alte, ein wenig verschrobene Gräfin als eine Witwe aus dem Arbeiterviertel.

30

Wir waren unserer viele. Wir waren zu vielem zu gebrauchen. Unter uns gab es Töchter und Töchterstöchter, Patentöchter, Schwestern, Schwesterstöchter, Freundinnen aus der Kindheit, Cousinen, Nachbarsfrauen, freundliche Frauen von den Freiwilligenhilfsdiensten. Frauen. Jeden Tag. Jede Woche. Monate. Jahre. Fütternd, kämmend, das Querlaken richtend, in den Rollstuhl hebend oder von dort ins Bett, Salben auftragend, die von den Tropfschläuchen schmerzende Hand haltend, die Notklingel betätigend, den langen, schattigen Korridor entlang zum Büro laufend, zur Milchglastür mit der gebeugten Gestalt der bekannten Nachtschwester dahinter.

Mit der Zeit erschienen wir sicherlich als die Sterbebegleiter der großen Gesamtheit aller Mütter, der Weiblichkeit schlechthin. Wir führten und stützten die Generation von Frauen, die ihre letzten Schritte taten, die Muttis einer vergangenen Welt, die den Krieg erlebt, die Hungerjahre überstanden hatten, die Frauen, für die Selbstständigkeit, eine eigene Meinung, eine eigene Karriere, ein eigenes Leben noch eine reine Utopie waren.

Allmählich entwickelte sich bei uns, den Sterbebegleiterinnen in der Abteilung für chronisch Kranke, ein eigener trockener Humor. Wir standen immer auf Abruf bereit, wir taten unseren Begleitjob, wir legten eine Mondscheinschicht ein, wir versuchten, angesichts des Todes eine humorvolle Tapferkeit an den Tag zu legen, die im besten Fall nicht nur unsere eigenen Pfleglinge, sondern auch die Nachbarbetten und schließlich die ganze Abteilung ansteckte. Wir lernten eine der anderen Tagesabläufe und Verpflichtungen kennen, wessen Schützling immer eine rosa Gebissbürste verlangte, für wen immer Sahnebonbonlutscher in der Handtasche vorrätig sein mussten, welche von uns immer die Ohrläppchen ihrer Schwester mit einem groben Frotteetuch massieren musste. Wir versuchten, diejenigen zu unterstützen, deren Job sich dem Ende näherte. Wir hießen die neuen Sterbebegleiterinnen willkommen, die verlegen und vorsichtig in die Abteilung kamen, die sich anfangs über die bedrückenden Routinearbeiten in der Abteilung für chronisch Kranke wunderten und entsetzten.

Einige der Sterbebegleiterinnen betreuten neben ihren Angehörigen auch noch ein paar derer, die da zusammengekrümmt in ihren Betten lagen. Manch eine Greisin in der Abteilung war mit den Jahren in ihrem Bett in der Ecke vergessen worden, bei den meisten erschien immerhin regelmäßig einmal im Jahr eine Weihnachtskarte auf dem Nachttisch, ein Teller mit Ostergras oder eine von einem Boten gebrachte Geburtstagspelargonie. Auch Wunder erlebten wir. Eine Patientin, die jahrelang wie ein Brett und mit offenem Mund dagelegen und als dement gegolten hatte, begann zu essen und zu trinken und auf der Suche nach Gesellschaft wie ein Wiesel im Gang herumzuflitzen, als eine Sterbebegleiterin, die ihren eigenen Job bis zum Ende getan hatte, versuchte, zu der Patientin Kontakt aufzunehmen.

Manchmal spornten wir unsere eigenen, vor sich hin brütenden, von jahrzehntelangem Groll verbitterten, misstrauischen Alten an, untereinander Kontakt aufzunehmen, ihre krumme Hand von einem Bett zum anderen auszustrecken. Wir lernten, dass auch Achtzigjährige noch die Fähigkeit hatten, neue menschliche Kontakte zu knüpfen, oder vielleicht sollte man nicht mehr vom Knüpfen sprechen, sondern vielmehr von einem leichten Drücken, Zusammenfügen. Ein alter Mensch kann nicht mehr viel aufnehmen – das Bedürfnis, von sich zu erzählen, die eigene Lebensgeschichte zu beleuchten, die eigene Tür noch einmal einen Spaltbreit zu öffnen, ist größer. Wir lernten, dass die menschliche Neugier lange wach bleibt, die leichte, flatternde, so leicht an Höhe verlierende Neugier des kleinen Vogels, die plötzlich in tiefer Depression, im Begreifen dessen, dass die Zeit nicht mehr ausreicht, enden kann.

Die Altenpflegeheime und Krankenhäuser sind Reiche der Frauen – freilich ohne Macht. In den untersten Etagen pflegen Frauen Frauen, und in den oberen tun die Männer dasselbe auf dem Papier, Beschlüsse, Pläne, Kostenvoranschläge. Von dort schauen sie, hinter ihren Mappen und Piepern verschanzt, auf ihre Untergebenen, als betriebswirtschaftliche Leiter, Verwaltungschefs, Pflegeleiter, Oberärzte, als selten anzutreffende Fachärzte.

Während der drei Jahre, in denen ich meine Mutter pflegte, habe ich in mindestens fünf verschiedenen Pflegephasen mit Männern beraten, die die Entscheidungsgewalt über die Dinge hatten. Nach hartnäckigen Verfolgungsjagden schaffte ich es tatsächlich, dass sie sich für einen Augenblick an die andere Seite des Tisches setzten, bei aller geriatrischen Eile, und störte sie, wie es mir immer vorkam, bei zahllosen, viel wichtigeren Dingen.

Kein einziger der machthabenden Männer im Krankenhaus Koskela gab auch nur für einen Augenblick seine aristokratische, entrückte Haltung mir gegenüber auf, geschweige denn gegenüber der Hauptperson, meiner Mutter. Mutter fand es immer aufs Äußerste demütigend, dass diese beschlussfassenden Ärzte niemals sie direkt, sondern immer mich oder eine in der Nähe befindliche Krankenschwester ansprachen, über die dann die Dinge mit Mutter besprochen wurden. Mutter hätte gern selbst (ihr Hörgerät war immer voll aufgedreht) mit den Männern, die über ihre Pflege entschieden, gesprochen, bekam aber als Antwort immer nur ein herablassendes, ein wenig verlegenes Lächeln und viel sagend eilige Blicke auf die piepende Armbanduhr.

Männliche Humanität und männliches Einfühlungsvermögen brachten in dieses Reich der Frauen nur die jungen Männer ein, die in ihre Sommerjobs als Pfleger und Bader ausschwärmten – meistens waren es Hilfskräfte aus dem Ausland. Sie, die wir Schmerzensbrüder nannten, kamen aus andersartigen Kulturen, aus solchen, wo man den Alten zuhörte und sie achtete, und so hatten die Schmerzensbrüder bei all ihrer Arbeit anscheinend immer noch Zeit, um einen Augenblick zu verweilen und mit den alten Frauen einen Schwatz zu halten.

Trotz allem: Seit Jahrzehnten hat meine Mutter nicht in solcher Ruhe und Sicherheit gelebt, so gut zugedeckt, gefüttert, mit Gutenacht- und Gutenmorgenwünschen bedacht wie in Koskela, in der Abteilung für chronisch Kranke des überfüllten geriatrischen Krankenhauses.

31

Diese drei Jahre sind in meinem Leben die Zeit der Haut, viel mehr als manche zurückliegenden Jahre leidenschaftlicher Liebesbeziehungen. Ich beobachte wie ein Wunder die sinnvolle, oft launische Arbeit des Todes an meiner Mutter. An Mutters Haut.

Als Mutter in ihre letzte Abteilung kommt, wundern sich die unterschiedlichsten Menschen über ihre Wangen, ihre Arme, ihre Brust. Die Haut war so elastisch und glatt wie die eines jungen Mädchens, gegen die ausgeblichenen Krankenhaushemden wirkte Mutter geradezu blühend.

Nur die Beine sind voller Wunden. Wenn die Krankenschwestern manchmal die Verbände öffnen, wirken die Beine, als wären sie mit einem allzu schweren Knüppel misshandelt, von spitzen Steinen übel zugerichtet worden.

Später verbinde ich die Beine immer mit Mutters schändlicher Flucht, mit Bussen, Zügen, Taxis, mit durcheilten Quartieren, Uferwällen, Vyborg.

Auch ich, die Tochter, habe mir die Beine verletzt. Als Kind tat ich es absichtlich, den Schmerz genießend. Ich begann meine Flucht schon als Achtjährige, damals, so erinnere ich mich, habe ich zum ersten Mal ordentlich geblutet. Die Ballettschuhe hatten alle

Zehenspitzen wund gescheuert. Mutter wusch mir die Füße und legte mir zusammengefaltete Mullstücke zwischen die Zehen. Zuletzt legte sie meine Füße auf ein Sofakissen. So ruhte ich mich stundenlang aus, lauschte mit geschlossenen Augen Mutters Summen, der vom Rauchen rau gewordenen, vibrierenden, tiefen Stimme, Es geht alles vorüber, es geht alles vorbei.

Dann kamen die Schuhe mit Spikes, die Kurzstrecken. Nach den Wettkämpfen hatte ich Wunden an den Waden und manchmal sogar an den Schenkeln. Von den Schlittschuhen beim Eisschnelllauf bekam ich einmal eine tiefe Schnittwunde oberhalb des Knies.

Ich wollte den Schmerz zugleich genießen und spüren. Ich malträtierte meinen Körper und wichste meine Seele. Ich lebte unter dem Diktat meines fordernden Körpers, alles in jenen Jahren quälte den Körper. Das ständige Bedürfnis nach körperlicher Liebe, das unter den Bezeichnungen Tanz, Sport, Umgang mit Menschen daherkam, beutelte mich.

Mutter beobachtete meine fanatische Umtriebigkeit, meinen Schmerz still von der Seite. Oftmals musste sie in den frühen Morgenstunden mit ansehen, wie ich, die verlorene Tochter, am Küchentisch schnarchend meinen Rausch ausschlief, die Stirn auf dem Wachstuch, wie ich zusammenfuhr und erwachte. Mutters ernstes, vorwurfsvolles Gesicht, die zitternden Lippen, das bebende Kinn. Ich lachte, warf den Kopf zurück, lachte, klaubte mir Tabakkrümel von den Lippen, lachte.

Am Morgen führten wir dann lange, eigenartige Dispute über Reißverschlüsse. Mutter wunderte sich, wieso die Reißverschlüsse meiner Jeans immer kaputt waren, verbogen, zerrissen, an beiden Seiten aufgetrennt und fast ab. Was für Tänze werden dort in der Disko eigentlich getanzt?

Ich lachte heiser und trank die Milch direkt aus dem Karton, eine Angewohnheit, die Mutter, wie ich wusste, zuwider war. Es ist einfach so, sagte ich mit rauer Stimme, während ich mir die Mundwinkel abwischte und den Schmerz zwischen den Beinen registrierte, es ist einfach so, dass, und erneut brach ich in Gelächter aus, schrill.

Mutter nähte die Reißverschlüsse wieder an, sorgfältig, einen nach dem anderen. Ich sah ihr zu, sah lächelnd zu, wie Mutter gewissenhaft die schmutzigen Reden, das Keuchen, die ungeduldigen Fäuste meiner Liebhaber reparierte.

32

Der Mann hört ihr zu und gibt kultivierte Laute von sich, stützt den Kopf in die Hand, das leicht gelbliche Gesicht ganz nah an ihrem. Das linke Auge ist halb blind, am äußeren Rand der gräulichen Iris befindet sich ein kleiner, rubinroter Punkt, die Wangenknochen sind auffallend unsymmetrisch. Das liegt bei uns in der Gegend in den Genen, lacht der Mann.

War dies die Stadt? Der Zufluchtsort?

Ja, erwidert sie, genau dies ist die Stadt.

Der Mann streichelt sie einfühlsam, entspannt, reibt sein Mondscheingesicht an einer ihrer langen Locken, ganz leicht, ein wenig traurig, darauf bedacht, seine aufkommende Erregung nicht zu zeigen. Er wartet, will mehr hören, fragt nicht, lässt sie selbst den Zeitpunkt, den Rhythmus, die Atmosphäre bestimmen.

Ich pflege so etwas nicht zu tun, lächelt er, berührt in Gedanken mit der Daumenspitze den Ring an seinem linken Ringfinger.

Für dich bedeutet das hier nicht, die Zeit totzuschlagen?, fragt sie verwundert.

Ich verstehe mich nicht darauf, die Zeit totzuschlagen, erwidert er, das Gesicht die ganze Zeit zu einem ein wenig zu breiten Lächeln verzogen.

Warum lächelst du?

Ich lächle immer, wenn mich etwas schmerzt, antwortet er, die Mundwinkel immer noch bis an die Ohren hochgezogen.

Jede sehr kurze Liebe ist voller Schmerz, kein Totschlagen der Zeit, sondern im Gegenteil Erzeugen von Zeit, sagt die Frau und beißt ihn in das halb offene, matte Auge.

Die Abenddämmerung fließt ins Zimmer, in das Zimmer im Untergeschoss, das sie gemietet hat. Es hat sie Mühe gekostet, in Vyborg etwas Geeignetes zu finden, etwas, von dem aus man die Beine der Leute sieht, einen Kellerraum, den die Menschen beim Kommen und Gehen passieren, mit Hunden, Wagen, Schubkarren, Spazierstöcken. Von irgendwoher kommen zehn Karhus und fünf Myyräs mit vergilbten Karten, die sie zwischen den Seiten der Familienbibel aufbewahrt haben, um das Treppenhaus ihrer ehemaligen Heimathäuser zu suchen, bleiben stehen, stolpern in die falschen Eingänge hinein. Niemals weiß man, was für ein Wesen als Nächstes am Fenster vorbeigeht, wie viele Beine, was geschoben oder hinter sich hergezogen wird. Sie steht am Fenster, auf ihrem Koffer, leicht auf den Zehenspitzen und späht: eine organische, erstaunliche Welt, die Welt der Beine.

33

Oft sehen wir unsere Mütter mit geneigtem Kopf an, in den schwefelgelben, herben Augenblicken der Nachmittage, wenn wir den Alten zu essen und zu trinken gegeben haben, wenn die Windeln gewechselt, die dritten Zähne gereinigt, die Nachttische geputzt, das Blumenwasser erneuert, die Decken gerichtet sind und die erste Oma dezent zu schnarchen beginnt.

Wir betrachten die zusammengeschnurrten Körper der alten Frauen, die Hügel und Kurven, aus denen eine knochige, platte Ebene geworden ist, die schütteren Haare, die tiefen Furchen unter den Augen, die immer unverändert abwärts weisen, die kleinen vertrockneten Münder, die an fest zugeknipste Münzbörsen erinnern. Wir sitzen jede an ihrem Bett auf einem hohen Krankenhaushocker, und einen Augenblick lang wirken wir ebenso verwelkt und auf Abwechslung erpicht wie die Stammkunden von Bingohallen. Jede neue Chance, jeder neue Männerarm würde bewirken, dass wir aufspringen und auf kürzestem Wege hinausstürmen, an die Sonne, zwischen die knirschend gelben Ahornblätter.

Unsere Mütter hätten mehr ficken sollen!

Immer wagt es jemand, die nach Lysol duftende Nachmittagsstille zu durchbrechen.

Wenn doch ein paar Männer hier wären, junge, stattliche Kerle! Männer zum Bumsen! Schwänze! Der lange, dunkle Libanese oder der kleine, lockige Marokkaner! Lachen, Gekicher.

Wenn es hier wenigstens ein paar Bilder gäbe; wir müssen mit der Stationsschwester sprechen!

(Jetzt hängen an den Wänden Farbfotos aus Zeitschriften mit Margeriten und Spanielwelpen, aus geistlicheren Publikationen ein paar obligatorische Golgathas und zwei Madonnen in Pastelltönen.)

Meine Mutter ist dauernd so deprimiert. Meine Mutter hat seit einer Woche nichts gegessen. Ich habe das Gefühl, meine Mutter hat Hunger auf Sex!

Wir hören zu. Sprich. Meine Mutter erzählt mir ihre Träume, und die sind voller klassischer Freud'scher Symbole. Oft bemerke ich, dass meine Mutter sich unter der Decke streichelt, und ich weiß nicht, was ich sagen soll. Meiner Mutter schwitzen die Hände, und sie beginnt sich die Lippen zu lecken, sobald im Fernsehen eine Werbung mit muskulösen Männern kommt, deren Oberkörper nackt ist.

Wir hören zu. Zwischendurch sehen wir auf die alte Frau, von der die Sterbebegleiterin, eine von uns, spricht. Die Oma mit den eingefallenen Wangen und dem grauen Haarschopf schläft, schwer atmend, einen spröde-leichten Nachmittagsschlaf, Herbstblätter auf den Lidern.

34

Ich gehe immer noch dorthin, jede Woche, auch nach dem Tod meiner Mutter gehe ich dorthin, in die Wohnung meiner Kindheit, gehe tappend durch den langen, dunklen Korridor in den dämmerigen Vorraum, wo meine Schwester ihre Nächte verbringt, auf ihrer schmalen Pritsche schläft, wende mich dann nach rechts, und bevor ich die Schwelle überschreite, werfe ich einen langen Blick in die Küche, dort ist der Tisch, das Wachstuch, dort sind die Stühle, das da war immer Mutters Platz, vom Fenster aus sieht man den Vergnügungspark, die Achterbahn und das Riesenrad, auch die vageren Silhouetten einiger neuerer Anlagen, und dort, auf dem Linoleum unter dem Tisch, kann man noch die von den Ballen abgenutzten Stellen sehen, dort pflegte Mutter die Füße zu halten.

Ich habe kein anderes Zuhause. Ich werde niemals ein anderes Zuhause haben. Ich kann mir für mein reales Selbst kein anderes Zuhause vorstellen, für dieses Ich, das schreibt. Westliche Brahestraße 12 A. Meine Adresse, schickt mir alles hierher. In der Schäbigkeit, der Dunkelheit, den geheimnisvollen Winkeln, den verbotenen Schränken dieser kleinen Zweizimmerwohnung fühle ich mich meiner selbst am sichersten.

Gleich stehe ich wieder einmal in der Wohnzimmerecke am Fenster und schaue über die Linden des Braheplatzes hinweg zu meiner alten Volksschule hinüber. Die Farbe auf dem Fensterbrett blättert ab. Als ich noch klein war, sah ich dort immer Gesichter und andere spannende Muster. Manchmal zeichnete ich den abschilfernden Gesichtern mit farbigen Filzstiften einen deutlichen Rahmen und bekam dafür eine Tracht Prügel. Dabei hatte ich doch nur die Gesichter hervorgeholt, die dort sowieso schon vorhanden waren!

Vater starb im Wohnzimmer, in seinem Lehnstuhl, den schweinsledernen Aktenkoffer voller Ikonen und Wodkaflaschen in der Hand, den Tragbügel fest im Griff, am Morgen des Tages vor Mittsommer. Auch damals blühten der Flieder und die Traubenkirschbäume, und Mutter wankte am Nachmittag auf den Felsen des Linnanmäki-Berges herum, um dort an einer bestimmten Stelle einen Strauß Feldstiefmütterchen zu pflücken, kam nach Hause, weinte, tagelang, zu meiner und meiner Schwester Verwunderung, vergoss von morgens bis abends eine wahre Tränenflut wie ein Wasserfall.

Jetzt weiß ich, dass der Todesmorgen meines Vaters der Geburtstag von Mutters erstgeborener Tochter war. Sie wäre damals fünfunddreißig Jahre alt geworden, wenn sie nicht ein Jahr zuvor gestorben wäre.

Ich weiß immer noch nicht, woran meine älteste Schwester gestorben ist. Woran stirbt man so jung? Der Arzt in der Kleinstadt, der den Totenschein unterschrieben hat, war nicht bereit, mir Auskunft zu geben, und noch weniger verstand das Totenregister des Zentralamts für Statistik meine heftige Neugier.

Und wieder einmal blieb mir ein würgendes Rätsel, ein ewiges Geheimnis, ein furchtbarer Verdacht.

Uns verbanden Enttäuschung, Entsetzen, nostalgische Melancholie, schreckliche Geheimnisse, Schande. Hass, Grausamkeit, verletzende Gewalt, Verachtung, Selbstbetrug machten aus uns eine Familie. Das ist die stärkste Bindung, die ich kenne. Ich sehe mir immer voller Neugier die Menschen an, die von einer Atmosphäre der Harmonie, der Zärtlichkeit, des geistigen Beistands und der verzeihenden Liebe in ihrem Elternhaus berichten.

Ich werde die Brahestraße 12 niemals ganz hinter mir lassen. Keinen einzigen Menschen kann ich dorthin mitnehmen.

An der Schwelle zum Heim meiner Kindheit stehe ich immer allein, stumm, krame aus meiner Handtasche den vertrauten, ein wenig verbogenen messingfarbenen Abloy-Schlüssel hervor, denselben, der im Sommer immer an einem schmalen Spitzenband um meinen Hals hing. Alle anderen hatten ein mattgelbes Einfassband, nur ich hatte immer dieses elfenbeinfarbene, ganz feine Band aus Spitze. Das Band war von einem alten Kleidungsstück meiner Mutter abgeschnitten worden, von einem überflüssig gewordenen Spitzenkragen, möglicherweise gerade von jenem dunklen Kleid mit der Schleife auf der Brust, das Mutter auf ihrem schönsten Jugendfoto trägt, abgeschnitten vor langer Zeit auf der Flucht, im Zug, im Bus, irgendwo an einem hektischen und ruckelnden Ort, und deshalb bat Mutter, die eiserne Perfektionistin, immer wegen des ungleichmäßigen Schnittes um Entschuldigung.

Die Spitze hatte Mutters Mutter eigenhändig gehäkelt, und die andere Hälfte jenes Spitzenkragens zierte später mein mintgrünes Kleid, das ich beim Frühlingsfest trug, an der Halsöffnung und an den Ärmeln.

35

Sie sieht zu, wie die Mutter in ihrem unter den Armen ausgefransten und viele Male geflickten Hauskittel und der schmuddeligen Schürze mit gespitzten Lippen und vor sich hin summend die Prinzessinnenkleider näht. Bei den Schulfesten muss die Tochter immer die Auffälligste, die Schönste sein. Mutter winkt ihr aus dem Fenster nach und ist während des ganzen

Festes zugegen in jedem entzückten Seufzer, jedem Befingern, den anerkennenden und verwunderten Bemerkungen. Die Tochter einer armen Familie und so ein feines Kleid. Fast zu fein. Diese Stickerei ist doch wohl nicht etwa Seide? Ist die große Mohnblumenapplikation am Rock echter Thaistil? Sind die Perlmuttknöpfe nicht sehr teuer? Das Mädchen möchte hinter den schweren, mit der Brennschere gebrannten Korkenzieherlocken verschwinden. Oft klingt es ihr in den Ohren: Eine kleine Russenmaid, tanzt' im engen Lederkleid, Lederkleid, das platzte, Russenmaid, die gnatzte.

Niemand sagt das laut. Es liegt in den Augen, den Brauen, höchstens im Unterton der Stimme. Der Tochter ist es peinlich, Gegenstand allzu großer Aufmerksamkeit zu sein. Sie kann nicht damit umgehen, sie kann nicht antworten, sie zieht sich zurück, beginnt sich ihrer Anmut zu schämen, der angestrengten Bemühungen der Mutter, der Spitzenkragen, der Pailletten, der Perlenstickereien, des Leopardenfellimitats auf den Schultern und an den Ärmelöffnungen ihres schokoladefarbenen Samtkleids.

Sie erinnert sich an alle Festkleider ihrer Kindheit, an jedes einzelne. Immer hatte es irgendein besonderes Detail gegeben, einen kleinen ästhetischen Schock, einen ausgefallenen Schnitt, eine kunstfertige Zierstickerei, eine seltsame Stofffarbe, originelle Knöpfe, einen Gürtel, eine Kapuze, immer irgendetwas. Sie hat kein einziges der von der Mutter in penibler Kleinarbeit geschneiderten Tanzkleider vergessen, denn das waren sie, Tanzkleider im Stil der Dreißigerjahre, Erinnerungen an Mutters Jugend, Abwandlungen der zauberhaften Schöpfungen aus Mutters besten Tagen, Mutters Kokettierkleider im Miniaturformat.

Auch der Vater präsentiert die Schokoladenaugen seiner Jüngsten auf den Weihnachtsfeiern seines Betriebs. Die Tochter darf in ihren atemberaubenden Klamotten immer nur dann mit dem Vater mit, wenn ihm die dritte Abmahnung wegen Alkoholmissbrauchs am Arbeitsplatz droht. Vater und Tochter setzen sich an den Tisch des Abteilungsleiters und essen aus silbernen Eisschälchen Triokugeln mit einem großen Klacks Schlagsahne darauf. Am Tisch unterhält man sich immer über Brände und die richtigen Isolierstoffe, Betrugsversuche und Millionenpleiten. Die Tochter konnte schon lesen, als sie erst so groß wie ein Feuerlöscher war, gibt der Vater, ein gewöhnlicher Angestellter, der die Feuerversicherungen betreut, jedes Mal zum Besten. Vater redet pausenlos, redet so viel, dass er nicht dazu kommt, sein Eis zu essen. Schließlich beginnt Vater auf Russisch »Das Glöckchen« und »Die weißen Akazien« zu singen, seine dicken, roten Finger tun so, als zupften sie die Balalaika, bis die anderen sich vom Tisch verdrückt haben und die Tochter verstohlen den Rest von Vaters Trio und der Schlagsahne aufisst, die als bunt gestreifte Brühe an den Grund der Eisschale geflossen ist.

Schon auf dem Rückweg von den Festsälen im obersten Stockwerk des Schwindel erregend hohen Gebäudes der Versicherungsgesellschaft, im Fahrstuhl, beginnt die Tochter sich wieder zu fürchten. Der Vater starrt sein schweißglänzend fleckiges Gesicht im Spiegel des Fahrstuhls an, ohne ein Wort zu sagen. Die sichelförmige Kriegsnarbe an der Wange schimmert bläulich wie immer, wenn der Vater wegen irgendetwas aufgebracht ist. Plötzlich stoppt der Vater den Fahrstuhl zwischen zwei Stockwerken und heult dumpf auf, sackt dann in einem Eck des Fahrstuhls zu einer heiser heulenden, zitternden Masse zusammen. Die Tochter wartet geduldig, bis der Vater wieder aufsteht und sich das Gesicht abwischt. In seinen Jackentaschen klirren die silbernen Löffel, die er gestohlen hat.

Unten vor der Tür steckt der Vater die Tochter in ein Taxi und nennt die Adresse. Er selbst verschwindet irgendwo in der Dunkelheit der Straßen, mit wehendem, kittfarbenen Popelinemantel und einem Gürtel, der aus der einen Schlaufe herausgerutscht ist.

Das Mädchen weiß noch, wie sie auf den federnden Sitzen der Taxis hockt, im Duft des Kunstleders, und die Nackenhaare des wildfremden Fahrers betrachtet, der eine Schirmmütze trägt. Das Mädchen sitzt immer auf dieselbe Weise in dem fremden Auto, das sie nach Hause bringt, unterwegs von einer Ecke der von Straßenlaternen erhellten Stadt zur anderen, über die geschwungene Brücke, steil bergauf nach Hause. Der drollige kleine Fahrgast hockt schweigend und ernst da, wichtig, mit wogenden Locken, im gestärkten Festkleid mit Unterrock, in winzigen Hackenschuhen, immer genau in der Mitte der federnden, mit klammem Kunstleder bezogenen hinteren Bank, stützt sich mit beiden Händen ab, in der Hand den Geldschein, den ihr der Vater gegeben hat und der nach Tabak riecht.

36

Sie gehen langsam in Richtung Strand, der Mann feinfühlig hinter ihr. Er stellt sich vor, dass sie die Gegend mit einer irgendwie atavistischen Sicherheit kennt, die trostlose Umgebung sensibel in sich aufnimmt, und hütet sich deshalb, die umgestürzten Bäume, die baufälligen Bootsschuppen, die Leere des Uferboulevards, die lose hängenden Fensterläden zu kommentieren.

An den Mauern des Uferwalls hat man Menschen erschossen, sagt sie. Rote und Weiße, Frauen und Männer, abwechselnd behaupteten sie, dass die Stadt ihnen und nur ihnen gehöre.

Das haben sie behauptet, lächelt der Mann.

Ein lärmender Schwarm Freudenmädchen kommt ihnen aus irgendeinem Toreingang entgegengeflattert, zerstreut sich, die Absätze klappern, die grell geschminkten Münder und Augen starren selbstbewusst durch sie hindurch, als wären sie gar nicht vorhanden. Die Hurenpatrouille eilt zielstrebig dem Stadtzentrum zu, die Ältesten und Jüngsten können mit den anderen gar nicht recht Schritt halten.

Die Frau stoppt den Mann, indem sie ihn leicht gegen die Brust drückt. Sie setzen sich dicht nebeneinander auf eine Parkbank, die heil gelassen worden ist, was selten genug vorkommt, unter eine dunkle Straßenlaterne, betrachten die Bogenbrücke, das gegenüberliegende Ufer. Einige planenbedeckte Boote dümpeln kraftlos vor sich hin, das Katzenauge eines einsamen Radfahrers leuchtet auf der Brücke.

Der Mann erzählt seine traurigste Kindheitserinnerung, er träumt nachts immer noch davon. Da war ein gesprengtes Theater, der Zuschauerraum in Trümmern, die Stühle in Haufen wild durcheinander, die Logen eingestürzt, zwischen den Bänken Perücken, Korsetts und Fetzen festlicher Kostüme, Rüschenkragen und Schnallenschuhe, eine Kirchenglocke, von der nahe gelegenen Kapelle auf die Bühne geschleudert, und ein Menschenkopf ohne Haare, eine Frau, eine Nonne oder eine Zuchthäuslerin, Mund und Augen aufgerissen, wie bei einer Maske.

Die Frau nimmt aus ihrer Handtasche eine Schachtel Streichhölzer und zündet das erste Streichholz an, betrachtet in dessen Licht das zu einem Lächeln verzerrte Gesicht des Mannes, dann zündet sie ein zweites an, ein drittes, viertes. Immer wieder und wieder betrachtet sie das lächelnde Gesicht des Mannes.

37

Ich komme zurück auf den Augenblick, in dem es noch nicht den Stolz des Seelenfriedens, die Reinheit der Harmonie gibt, noch kein einziges Wissensbröckchen zum Humus des Verständnisses geworden ist, noch kein einziger Erklärungsversuch Trost gebracht hat, alles Chaos ist, mit Hass vermischte Trauer, endloses Wenn und Aber, ein Fragen nach dem Warum.

Ich sitze inmitten eines Haufens von Briefen, Fotos, amtlichen Papieren, Kopien von Urkunden, Bescheinigungen, kleinen Heften mit blauem Rand, lache mit Tränen in den Augen, bin wie das hilflos mit den künstlichen Wimpern klappernde Fräulein Fortuna, das in meiner Kindheit immer die Karten beim Quiz im Fernsehen zog und dort unter einer durchsichtigen Glocke inmitten all der hoffnungsvollen bunten Ansichtskarten saß und mit beiden Händen, an denen künstliche Fingernägel steckten, darin herumwühlte.

Aus den Tagebüchern, den kleinen pedantischen Heften, lässt sich nichts entnehmen. Mutter schreibt über ihren Alltag, wie viel Geld sie ausgegeben hat und wie das Wetter war. Die Texte sind melancholisch, müde, gleichförmig, oft wiederholt sich der Wunsch nach einer lichteren Zukunft. Von Vater steht in den Tagebüchern nichts, Vater ist ausgespart, auch alles, was mit Karelien zu tun hat. Mutter schreibt nachts, vermerkt emotionslos die kommenden und gehenden Feiertage, Weihnachten, Mittsommer, die Abiturfeiern. Irgendwann wird das Leben zu einem Doppelleben mit meiner Schwester, die kommenden und gehenden Sommerferien, die Spaziergänge in den Park und zurück, die kleinen Erkältungen, die Fernsehprogramme, meine Prüfungsnoten. Während ich die Texte verschlinge, höre ich deutlich Mutters Stimme, die tiefe, sinnliche, die rau ist vom Tabak, höre die Kühnheit, die stufenweise zu Härte geworden ist, höre den zögerlichen, von Lügen dicken Tonfall.

Auch im Krankenhaus noch rollt Mutter all die bekannten, beschönigenden Geschichten aus ihrer Kindheit und Jugend auf und lässt, wie ich jetzt weiß, aus ihren Geschichten zur Sicherheit alles Wesentliche, alles Widersprüchliche, alles Lebendige fort.

Mutter ist eine Meisterin darin, aus ihren Erzählungen Flecke, Risse und Unordnung wegzuputzen. Wenn

Mutter endlos schrubbt, stopft und aufräumt, behandelt sie mit der Wurzelbürste nicht nur das Linoleum, sondern auch ihre eigene Vergangenheit, die Geschichte, die auch meine Geschichte, meine Quelle, mein Spiegel sein sollte, die meinen Durst löschen sollte.

Mutter straft sich selbst mit ihrem Aufräumen, für das die ganze übrige Familie nur Verachtung übrig hat, mit ihrem kleinlichen Herumgeschnüffel und ihrem nörglerischen Spurenbeseitigen. Wenn Vater tobt, mit dem Essen herumschmeißt, mit dem Stuhl drauflosdrischt und alles mit seiner Kotze, seiner Scheiße und seinem Blut voll saut, schweigt Mutter, sie kriegt es so, wie sie es verdient hat. Wenn wir uns schämen wegen Mutters unförmiger Figur, wegen ihrer billigen, verschlissenen Lumpen, wegen ihrer dritten Zähne aus dem Schlussverkauf und der verbrannten Dauerwelle, nimmt Mutter unsere Miene und unsere Worte mit dunklem Blick hin, den schmalen Mund fest geschlossen, mit dem Anflug eines feinen, gezwungen gekräuselten Lächelns, in der Kinngrube ein Schatten, der vertraute Schatten von dem schönsten Foto aus ihrer Jugendzeit.

Es ist schwer, Mutter zu berühren. Ihr wahres Gesicht entspannt sie niemals so, dass man es betrachten könnte, ihre physische Nähe schützt sie durch winzig kleine, vielsagende Gesten. Erst in der Einsegnungskapelle von Koskela berühre ich Mutter so, wie ich es immer gern getan hätte. Erst dort streichle ich ihr die Wangen, streiche ihr übers Haar, nähere mich ihrem Gesicht, blase, flüstere, gebe ihr einen Kuss.

Ich weiß, dass ich ihr Augenstern bin, ihre ureigenste Erfindung, der Liebling, der Abendstern, der aus Versehen vom tintenfleckigen Nachthimmel gefallen ist. Ich weiß, dass ich gerade eben genug Liebe bekommen habe, um die Rebellion zu wagen. Nur weiß ich nicht, wie ich mit meiner eigenen Rebellion umgehen soll, jetzt, wo ich weiß, was für eine Frau meine Mutter in Wirklichkeit war. Ich habe das Gefühl, als wäre ich plötzlich nur eine kleine Nummer im Vergleich zu ihrem Leben, ihrem Schicksal. Vielleicht ist es auch so: Ich bin tatsächlich nur eine kleine Nummer in Mutters Leben, im Strom von Mutters dramatischen Lebensabschnitten. Ich werde noch lange, vielleicht bis an mein Lebensende, inmitten dieses chaotischen Haufens sitzen, werde die Papiere hin und her wenden, werde jeweils einen Zettel, ein Foto, einen alten Brief, eine Notiz herausfischen, werde Identitäten und Orte des Geschehens erraten, nach Motiven und Schuldigen suchen.

Ich bin froh darüber, dass Mutter vor ihrem Tod meine beiden Töchter, ihre Enkelkinder, gesehen hat, aber noch mehr freue ich mich, dass sie noch mein Delikt mitbekommen hat, nämlich dass ich nicht bereit war, ihrem Muster zu folgen, dass ich gegen genau das rebelliert habe, was ihr selbst eigentlich ja auch nicht gefiel. Ich stellte Mutters jahrzehntealte Verteidigungsmechanismen in Frage – und vielleicht unterstützte sie mich in aller Stille doch, verstand mich nur allzu gut.

38

Auch Bette Midler ist eine Sterbebegleiterin! Ebenso die Nachrichtensprecherin, die mit einem Deutschen verheiratet ist!

Wir sitzen im Büro bei einer nächtlichen Tasse Kaffee und blättern in alten Zeitschriften. Wir freuen uns, sobald wir irgendwo einen Artikel über alte Leute, die Pflege von Angehörigen, Sterbehospize finden. Wir lesen uns gegenseitig vor, überlegen oft, wie viele Frauen es wohl in diesem Lande gibt, die ihre »eigene« Zeit für alte Leute im Krankenhaus »opfern«. Tausende? Zehntausend?

Jemand findet, dass es zu viele sind. Jemand hält uns für Dumme, die sich aufopfern, für unbezahlte Dienstleister, die sich von einem männlichen System ausnutzen lassen, für allzu gutmütige, falsch eingesetzte Kräfte, die ihre ganze gebündelte weibliche Energie lieber für produktivere Arbeit einsetzen sollten. Letzten Endes sei es die Gesellschaft, die die Alten pflegen und die Hauptverantwortung für unsere sterbenden Angehörigen und nahe Stehenden übernehmen müsse!

Das ist Theorie. Jeder, der einen betagten Verwandten oder Freund hat, der in seinen letzten Tagen chronisch krank wird oder in ein Sterbehospiz kommt, weiß, wie sich die Nähe des Todes auswirkt.

Und sei es auch, dass in unseren Breitengraden die Frauen nach ihren Kindern und Männern auch noch ihre Eltern pflegen müssen, und sei es auch, dass in den westlichen Wohlfahrtsstaaten die Männer blitzschnell von der Bildfläche verschwinden, wenn jemand gebraucht wird, der die Windeln wechselt, die Schnabeltasse hält, das Kissen aufschüttelt, und sei es auch, dass in den Neunzigerjahren unseres Jahrhunderts viele Männer solche Tätigkeiten weiterhin als Frauenarbeit betrachten.

Mögen sie auch um Heimplätze und die finanzielle Unterstützung häuslicher Pflege streiten, im Wahlkampf Männerarbeit und Frauenarbeit propagieren, mögen sie auch die Sinnhaftigkeit jeglicher Altenpflege bezweifeln – währenddessen kommen und gehen die Sterbebegleiterinnen, Tag für Tag, Nacht für Nacht, füttern und geben zu trinken, waschen die

Füße und pudern die Wunden, währenddessen treten die Sterbebegleiterinnen in das Zimmer, die Heldinnen, die ungenannten.

39

Der Mann stand auf dem unbebauten Eckgrundstück, oder richtiger, das Grundstück war entstanden, nachdem das Haus, das sich dort befunden hatte, in sich zusammengefallen war. Er stand am Rande der Schlammpfützen und wärmte sich die Hände am offenen Feuer, das in einer Tonne entzündet worden war, so wie es auch die anderen taten, die sich um das Feuer geschart hatten. Alle hatten die Hände vorgestreckt, leere Hände, die aus zu kurzen Jackenärmeln herausragten. Nacktes Fleisch bis fast zu den Ellenbogen.

Sie blieben stehen, um zuzusehen. Zuerst glaubte sie, die westliche Intellektuelle, dass die Leute irgendeine New-Age-Übung bei Mondschein veranstalteten, dann jedoch schaute sie, sah den Ausdruck der Gesichter, die Kälte, den Hunger, die Hoffnungslosigkeit, den Hass.

Der Mann kommt von weit her aus dem Osten, von sehr weit her hinter den Bergen, mit seinen hohen, gebräunten Wangen scheint er einem der Geografielehrbücher ihrer Schulzeit entsprungen, aus dem Kapitel Rassen und ihre äußeren Merkmale, scheint mit seinem fast durchsichtigen blassen Körper direkt ihren Phantasien schlafloser Nächte entstiegen, ein schweigsamer, schmaler Bursche, immer gleichermaßen auf Irrwegen, für dessen weiche Haut es keine Metapher gibt!

Später wird sie sich an diesen ständig kultiviert lächelnden Mann als an den Seidenrasterdrucker erinnern. Sie benennt die Menschen mit Geheimnamen, damit sie sich später an sie erinnern kann, codiert sie für ihre Bedürfnisse, so hat es auch ihre Mutter gemacht, die noch all den Leuten, die sie im Krankenhaus kennen lernte, neue Namen gab und sorgfältig darauf achtete, diese Namen den Betroffenen nicht zu verraten. Selten verteilte Mutter Spottnamen, meistens waren die Namen poetisch schön, und die Namensträger wären eher geschmeichelt gewesen, sie zu hören.

Ein sehr zärtlicher Liebhaber; ob Mutter für ihn noch einen anderen Namen gehabt hat, in ihren privatesten Gedanken?

Langsam schreibt sie auf seinen Rücken. Sehr langsam, immer einen Buchstaben auf einmal. Sie weiß noch, dass dieses Spiel ihr als Kind eines der liebsten war, eines der spannendsten. Wie sehr sie es doch liebte, beschrieben zu werden, regungslos dazusitzen und zu warten. Darin vereinigte sich die unbekannte Botschaft mit der Berührung. Die andere stand da, leise atmend, hinter ihrem Rücken, wer weiß, mit was für einem Gesichtsausdruck, und schrieb ihr etwas Rätselhaftes auf den Rücken, zwischen die Schulterblätter. Das spielten sie oft miteinander, die Mutter, die Schwester und sie. Mutter schrieb immer schwierige, lange, schöne Wörter, romantische Namen und Blumen, Schlager. Die Wörter der Schwester waren kurz, konkret. Dach, Wasser, Uhr. Besonders gern hatte sie es auch, wenn die Schreiberin ihr nach jedem falschen Buchstaben den Rücken abwischte, so als hätte sie auf diese Weise den Buchstaben aus dem ganzen Weltall getilgt, und einen neuen schrieb. Und falls und wenn das Wort dann erraten wurde, wischte die Schreiberin es mit einem ebensolchen breiten Strich der Hand vom Rücken fort, so als hätte sie niemals etwas auf die nachgiebige Haut zwischen den Schulterblättern geschrieben.

Sie schreibt dem Mann zwei Zahlen auf den Rücken, die versteht er, und versteht dennoch nicht, oder versteht sie falsch, als Symbole von Stellungen beim Liebesakt. Er hebt zufrieden die Schultern, presst das Kinn auf die Brust, friert immer noch so, dass die mageren Arme bibbern. Brummt etwas, versinkt dann wieder in schwermütiges Schweigen, lächelt, fühlt sich wohl in diesem eigenartigen Augenblick, so wie Fremde sich wohl fühlen, überall. Verweilt, so wie Männer verweilen, verharrt geduldig, solange sie nur hinten, auf seinen Rücken, schreibt, nicht vorn, auf die Brust, denn die ist nur für wichtige Botschaften da, für Widmungen, Meritenverzeichnisse.

40

Sie, die Frau, verliert ihre Mutter zu Beginn der Neunzigerjahre. Die Mutter, die in ihren Erinnerungen lebte, im Grunde immer noch in ihrer Jugend in den Dreißigerjahren zu Hause war, sehnte sich nach ihren Schellackplatten, ihren ekstatischen Schlagern, den Modetänzen, dem kirschroten Lippenstift, den Frisuren mit Haareinlage, den funktionalistischen Möbeln, den stromlinienförmigen Kleidern. Die alten finnischen Filme sah Mutter sich immer mit Tränen in den Augen an. Jetzt sieht sie, die Tochter, sich dieselben Filme mit gieriger Nostalgie an, aufmerksam, ernst, ein wenig wild, so als könnte die Mutter plötzlich mit ihrem Liebhaber in die Restaurantszene hereingewalzt kommen, gerade als Ansa Ikonen und Tauno Palo ihre große Auseinandersetzung haben.

Später rechnet sie aus, dass die Mutter sich ihrem zärtlichen Liebhaber hingibt, nachdem Deutschland Polen den Krieg erklärt hat, kurz vor Beginn des finnischen Winterkrieges. Ungefähr da muss es gewesen sein. In einer herbstlichen Nacht des Jahres 1939, ihre Mutter und ihr junger Liebhaber. Tiefblauer Himmel, klare Sterne. Die Mutter wird nicht müde, vom schmalen Fenster der Kochnische aus am Himmel wieder und wieder denselben tiefdunklen Blauton, dieselben Sternenkonstellationen zu suchen.

Im nächsten Sommer hat auch die Mutter ihre Unschuld für immer verloren: eine einsame Schwangerschaft, und zu Johanni keine Hochzeit, sondern ein Kind, das keiner der genusssüchtigen jungen Leute in der Kleinstadt als seines anerkennt. Mutter wird sich ihrer Lage zum schlimmstmöglichen Zeitpunkt bewusst. Im Vaterland tobt der Krieg, die Brüder müssen einer nach dem anderen an die Front, die Frauen in die Krankenhäuser und Fabriken, die Ausbildung wird abgebrochen, die eigenen Lebensräume stürzen in sich zusammen, wie die vieler anderer auch. Aber obwohl eine Notlage vorliegt und Mutters uneheliche Tochter, Mutters Schande, irgendwie unter dem Eindruck größerer Umwälzungen »vergessen« werden könnte, geschieht das gleichwohl nicht. Man schreibt das Jahr 1940, und ihre Mutter hat sich selbst, den Ruf ihrer Familie, ihre Zukunft verdorben.

Sie ist eine gebrandmarkte Frau, die schöne Eitelkeit wird zu einem hässlichen Schandfleck.

Mutter spürt, dass sie fällt, abwärts, ins Erwachsensein. Sie fällt geradewegs in die raue Alltagswirklichkeit der Kriegsjahre, in die Hoffnungslosigkeit der Notzeit, in die Finsternis, und wird diese neue Empfindung nie mehr loswerden. Die Flucht aus der Atmosphäre von Unglück, Erschrecken, Mangel, Bedrängnis und Vorsicht überschattet ihr ganzes restliches Leben. Aufsparen, aufheben, beiseite legen. Nimm immer erst das Billige, Gebrauchte, Halbe. Heb das Teure, Schöne, Heile auf.

Im Krankenhaus erweckt ihre Mutter Heiterkeit und Ärger, weil sie auf ihrem Nachttisch und in sämtlichen Schubfächern allerlei Kleinkram ansammelt, der nach Ansicht der anderen für den einmaligen Gebrauch bestimmt und danach wegzuwerfen ist. Mutter hebt sorgsam jeden Arzneiflaschenverschluss, nur wenig befleckte Servietten, Eislöffel, Waschlappen, Zahnbürsten auf. Irgendwann bekommt Mutter auf die andere Seite ihres Bettes den Nachttisch Nummer zwei. Bald ist auch der voll, von oben bis unten. Und natürlich darf niemand an Mutters Sachen, die millimetergenaue Ordnung verändern.

Im Leben ihrer Mutter hat letztlich nichts gestimmt, in der eigentlichen Bedeutung des Wortes. Ihre Kindheit war unruhig, die Familie folgte den Arbeitsstellen des Vaters kreuz und quer durch Finnland, nirgendwo schlug sie Wurzeln, immer warteten das richtige Glück und der eigentliche Wohlstand anderswo, und dieser Rhythmus änderte sich auch nach Vaters Tod nicht, das jähzornige und heftige Wesen von Mutters Mutter hetzte die Familie weiterhin von einer Kleinstadt zur anderen.

Ihre Mutter, jene dunkle Schönheit auf den Jugendbildern, ist nach dem Abitur voller Träume und Pläne; sie will Sprachen studieren, reisen, schreiben, tanzen, vielleicht auch als Schauspielerin arbeiten, alles Spannende und Neue ausprobieren, sich am Leben, an jeder einzelnen neu erblühten Blume erfreuen, an jedem Hasen, der im Frühjahrsschnee sein ausfallendes Winterfell sträubt, an den Sonnenaufgängen und dem Mondschein unter der Hängebirke unten am Seeufer, an dem gerade erschienenen, traurig-schön endenden Liebesroman, an Filmen, Bahnreisen und schneeweißen Baisers, an der neuen, perlenbestickten Seidenjacke mit der Passe, den noch makellosen kaffeebraunen Nahtstrümpfen, an den orangeroten Ballschuhen, der frisch gepflückten Blüte mit den samtenen Blütenblättern im Haar.

So schreibt ihre Mutter es in einem Brief an ihre Jugendfreundin.

41

Manchmal kommt es mir so vor, als wären wir irgendwelche eingesperrten Gefangenen, bleichgesichtige, geschorene Frauen mit Bürstenhaar, selbst unter den Lebenslänglichen die allerniedersten.

Wir schlurfen tagaus, tagein dieselben Bahnen entlang, zu den Betten und zurück zum Waschbecken. Wir schleppen die skelettartigen Wesen zur Toilette und zurück. Wir bürsten die fratzenhaft grinsenden künstlichen Gebisse, holen mit einem Streichholzende Speisereste aus den Zwischenräumen zwischen den Zähnen, summen Psalmen und Schlager, schieben in den weit aufgesperrten Rachen ein Stück Brot und reichen zum Nachtrinken dünnen Saft, riechen die frisch herausgerutschte Scheiße und können schon allein dem Geruch nach genau deren jeweilige Farbschattierung und Konsistenz bestimmen, schneiden die gekrümmten Nägel, unter denen sich ein Pilz und wer weiß was noch für schwarzer Bewuchs eingenistet hat. Wir kämmen die Haare, von denen der größte Teil im Kamm zurückbleibt. Wir entfernen still und ausdruckslos blutige Klümpchen bald aus den Ohren, bald zwischen den Zehen. Es macht uns nichts aus, wir sind abgestumpft, wir können alles auswendig, es schüttet schon den vierten Tag, es ist kein Wasser, es ist kein Schnee, es ist irgendetwas dazwischen, so ist es auch mit uns, wir sind weder lebendig noch tot, und was macht das schon. Im Dämmer des langen Ganges nicken wir einander kaum merklich zu, erörtern insgeheim untereinander, leicht verbittert, immer wieder die Last, die jede von uns zu tragen hat. Vielleicht geht es bei der anderen doch noch irgendwie glimpflicher ab, vielleicht haben alle anderen es letztlich doch weniger schwer, sind schneller damit durch.

Wir verwünschen unsere Mütter, warum haben sie uns erst geboren, als sie schon so alt waren! Warum haben unsere Großmütter sich so wenig um ihre Kondition gekümmert, warum Fett, Salzheringe und Weizenzöpfe gegessen? Warum haben sie ihre Gebrechen immer heruntergespielt, den Besuch beim Arzt, die Untersuchungen, die Fragen, das Ernstnehmen hinausgeschoben? Warum haben sie im Gegenteil die zusätzlichen Schmerzen und Leiden, die neuen Vorfälle und Risse genossen, nur weiter geseufzt und geschrien und gestöhnt, O Himmel, hilf, Herrgott noch mal, und ihre Krone poliert.

Da liegen sie nun flach, die Finnmaiden, die Weiber des Nordens, die Lucias, die zähen karelischen Heldinnen, unsere Omas, die endlich nachgegeben haben, die Alten liegen faul da, angewiesen auf das Pflegepersonal und auf uns. Wir haben sie am Hals, sie erwarten unsere Dienste und unsere Fürsorge, kritisieren begierig und lautstark alles, was wir tun und lassen – wo sind nur all die gut gelaunten Tantchen mit den glänzenden Wangen geblieben?

Unsere Auseinandersetzungen sind tragikomisch. Mal ist die Stammschnabeltasse von einer Mutter oder Patentante geklaut worden, mal ist der untere Teil von Großmutters Spezialluxusgebiss gegen einen aus dem Schlussverkauf getauscht worden, mal bekommt das Mündel der einen weichere Kissen, ein schöneres Haarband oder die süßeren Nachspeisen als eines der anderen. Jemandes Mutter hat im Krieg eine Lottamedaille verliehen bekommen. Eine andere hat im Wohnzimmer einen Kristallkronleuchter, der zehntausend gekostet hat. Oder einen echten Steinway von drei Metern. Die eine ist siebenundzwanzigmal operiert worden. Eine andere hat elf Kinder geboren. Wir vergleichen, rollen Krankheiten, Geschwülste, Zysten, Muttermale, Lebendgewichte, Schwangerschaften, Berufe der Männer aus früheren Zeiten auf. Wir brechen in schallendes Gelächter aus über die Frage, auf welcher Seite des Sechsbettzimmers der Fernseher besser zu sehen und zu hören sein sollte. Kann die Halbblinde erwarten, dass man ihr den Fernseher direkt vor die Nase stellt? Kann eine Demenzpatientin, die an ihrem Hörgerät herumfingert, verlangen, dass der Fernseher voll aufgedreht wird, damit sie die Stimme des Nachrichtensprechers hören kann, in den sie vernarrt ist?

Eines Tages schreit eine Sterbebegleiterin – jene, die zweimal täglich, erst in ihrer Mittagspause und dann noch abends, nach der Arbeit, und immer per Taxi vierzig Kilometer zurücklegt, um hierher zu kommen – schrill auf. Jemand hat den geliebten Minniemauswecker ihrer Mutter weggenommen! Der Nachttisch ist leer. Die Schubfächer hat sie schon durchgesehen. Das Bett durchwühlt. Er ist nirgendwo! Niemand bekennt sich schuldig. Wir schweigen uns an, Erklärungsversuche, Verwunderung, auch Bestechung: Wenn wir nun alle gemeinsam der Oma einen neuen Minniewecker kaufen?

Spätabends, als die erschütterte Begleitschwester schon nach Hause gefahren ist, geht eine von uns noch einmal um das ausgeraubte Bett herum. Sie hat ein scharfes Gehör: Von der alten Frau geht ein gewisses Geräusch aus, das jetzt, wo der Hahn der Sauerstoffflasche zugedreht ist und sie zur Abwechslung mal nicht schnarcht, sondern mit halb offenen Augen in einer Art leichtem Halbdämmer liegt, deutlicher zu hören ist. Wir rufen die Schwester herbei. Sie hört dasselbe wie wir: Das Geräusch kommt aus dem Bauch der Greisin. Genauer gesagt, vom unteren

Ende des Bauches, aus den Windeln. Als die Schwester das hellblaue, raschelnde Bündel öffnet, tickt dort, auf dem kahl gewordenen Venushügel, das kleine Schwarzohr und zeigt völlig richtig die Zeit an.

Wir haben lange Zeit unseren Spaß daran, uns für das Versteck der alten Frau witzige Motive auszudenken. Wir öffnen zwei Flaschen mit Jaffalimonade und stoßen an auf den aufgeklärten Fall, sind wieder Schwestern. Und die Omas um uns herum schnarchen zufrieden, ihre zahnlosen Münder eingefallen, die Uhren sind ihnen schnuppe, schnuppe die Meinungsverschiedenheiten und Missverständnisse, endlich können sie mit weichem Zahnfleisch ausruhen von all den scharfkantigen Reden, die in der Welt der Frauen gang und gäbe sind.

Dann verschlechtert sich der Zustand mehrerer Pfleglinge akut. Die Ärzte eilen herbei mit wehenden Rockschößen, hektisch klopfen die Schritte, das gepolsterte Schlagen der Bürotür hallt durch die Nacht, das Telefon klingelt, die Körbe mit den medizinischen Geräten scheppern, das Tropfgestell klappert, Blut, Kochsalzlösung, Sauerstoffmasken, alles geschieht routiniert schnell, der Riemen zum Blutdruckmessen schnappt auf an dem schlaffen Arm, der Schein der kleinen Stablampe trifft auf eine matte Iris, der Fiebermesser piept volle Minuten, weiße Strumpfhosen reiben energisch zischend gegeneinander, die Kaffeetassen zittern, zuletzt, endlich gegen Morgen, in den frühen Morgenstunden der Nächte, am Ende der langen Korridore, in den einsamen Patientenzimmern der letzten Tage, beginnt jemand, und dann eine nach der anderen, bald nach der Mutter, bald um Hilfe zu schreien, und zuletzt mündet das Schreien in qualvolles Brüllen, in ein Heulen, das bald an einen Hochofen, bald an die Stimme eines Wolfes erinnert.

42

Ich sitze in der kleinen Kapelle des Krankenhauses neben der Leiche meiner Mutter. Einige Kerzen brennen mit aufrechten, unbeweglichen Flammen, in Ampeln wuchert dunkler Efeu. Ich gehe immer noch jeden Tag meine Mutter besuchen, ich kann nicht einfach plötzlich damit aufhören. Es ist mir egal, ob mich einige der Leute, die mir die Tür öffnen, vielleicht für abartig halten und befremdet sind, da angeblich die Angehörigen ihre Toten im Allgemeinen nicht mehr besuchen kommen. Viele wollen nicht einmal den einen Spaltbreit offenen Sarg anschauen, bevor er für immer geschlossen wird.

Ich komme immer noch jeden Vormittag in die Kapelle, in den kühlen Keller des Krankenhauses, so wie bisher, nur komme ich jetzt mit leeren Händen, den Kopf voller chaotischer Wissensbröckchen. In den ersten Tagen bin ich nur mit meinen Händen beschäftigt, für die ich nichts zu tun finde, weil sie keine Pfefferkuchen mehr anbieten, nicht mehr die Schnabeltasse reichen, nicht das Gesicht waschen, sich nicht mehr an der Zahnprothese zu schaffen machen.

Die mondgesichtige Portiersfrau, die von den Dämpfen, mit denen die Leichen behandelt werden, ihren Teil abbekommen hat, eilt in ihren weißen Sachen jedes Mal feierlich herbei, um mir die Tür zu öffnen, nickt knapp, und ich gleite geschmeidig, fast klammheimlich, durch die Milchglastür hinein. Das sind zusätzliche Vorräte an Augenblicken, gestohlene Minuten, die ich mit der irgendwie geschrumpften und flach gewordenen kühlen Frau in der winzigen Krankenhauskapelle verbringe. Sie gehören irgendwie nicht ganz dazu, diese Augenblicke, und deshalb erscheinen sie mir so wichtig, wie ein kleiner, unsinnig komplizierter Umweg, den ich machen möchte, obwohl ich das Gefühl habe, dass meine Füße mich ohnehin nicht mehr tragen.

Ich singe meiner Mutter ihre Lieblingslieder, Warum, Monrepos, Die Wellen rufen, Er liebte seine Geige, Kann denn Liebe Sünde sein, das Letztgenannte mit ganz neuer Akzentuierung. Ich schneide Mutter mit einer kleinen Nagelschere eine graue Locke ab und lege sie in mein Tagebuch, so wie ich es auch mit den ersten flaumigen Nackenhaaren meiner kleinen Töchter gemacht habe. Ich lese Mutter eines meiner Lieblingsgedichte aus der Kindheit vor, Land der Kindheit, ich stelle mich neben Mutters weiße Lafette und rezitiere, die Arme gerade nach unten, wichtig und steif, mit erhobenem Kinn, so wie ich einst auch als bezopfte Schülerin rezitierte, wenn Mutter mich abhörte. Ich trug ein Gedicht immer zuerst Mutter vor, die mit der Zigarette in der zitternden Hand am Küchentisch saß, und am nächsten Tag deklamierte ich das Gedicht vor der ganzen Schule, bei der Frühlingsfeier, in dem aparten Kleid, das Mutter genäht hatte:

Und der Wald war so blau wie nichts auf der Welt, und so sattgrün die Wiese darin, und immer wieder find ich im Traum den Weg dorthin, dorthin. Und wie gern gedenk ich des Birkenhains an der grünenden Weide Rand, denn nirgends sonst wachsen die Birken so weiß wie fern im Kindheitsland. Und niemals leuchtet so klar und blau der Himmel über den Bäumen, darunter schweife ich immer noch voll Wehmut in meinen Träumen.

Ich erzähle Mutter von den Streichen meiner kleinen Töchter. Ich erzähle von der stillen Trauer meiner Schwester. Ich frage Mutter, bedränge sie, fluche, Wer warst du eigentlich, du verdammte Frau, du eiserne

Schürze, die ich meine Mutter nannte. Ich weine, lange, verbrauche eine ganze Packung Taschentücher. Ich schweige und versuche, für meine Hände eine Arbeit zu finden, Gesten, die irgendwie noch mit Mutter zu tun hätten. Ich streichle ihr die Augenlider, die erstaunlich roten Lippen, die Wangen, die Haare. Ich beuge mich über sie und drücke mich leicht gegen ihre Brust, schließe die Augen, bin noch einen Augenblick lang eins mit jenem harten, panzerartigen, zu Peddigrohr zusammengedrückten Brustkorb.

Als ich gehe, begleitet mich das Mondgesicht wieder einmal zu der Milchglastür, und als ich sie öffne, hebt die Pförtnerin die Hand an die Mütze, nickt knapp, auch sie eine Sterbebegleiterin.

43

Ich habe einen schrecklichen Verdacht. Ich bin noch ein Kind und habe immer einen schrecklichen Hauptverdacht und zahlreiche schreckliche Nebenverdachte. Jetzt lese ich angestrengt in einem Buch, das falsch herum vor mir liegt, und in Wahrheit spähe ich nach Mutters Bauch. Ich bin noch kein richtiges Schulkind, ich verbringe alle Tage mit Mutter zu zweit zu Hause und lese Bücher, wenn ich nicht aus dem Fenster schaue. Ich kann mich schon entsetzen.

Ich hege schon lange eine fürchterliche Ahnung, die der Keim eines schrecklichen Verdachts ist.

Mutters Bauch ist groß. Ich habe diese Tatsache in den letzten Wochen begriffen, den Mittelpunkt des Wesens meiner Mutter, in seiner ganzen Mächtigkeit. Mutters Bauch ist wirklich groß. Eigentlich ist er immer groß gewesen. Solange ich denken kann, war er erstaunlich groß und wird immer riesig bleiben, aber gerade jetzt hilft das nichts. Mutter hat unter ihrer Schürze einen gewaltigen Hügel, den ich nicht verstehe. Ich denke so: Ist dort jemand, den ich noch nicht kenne, aber den ich demnächst notgedrungen kennen lernen muss? Ich finde den Gedanken sowohl bestrickend als auch fürchterlich. Natürlich hätte auch ich manchmal gern eine kleine Schwester oder einen Bruder gehabt. Zumindest im Spaß.

Es ist Mai, und allein diese Gedankenkette macht, dass mir der Schweiß aus den Achselhöhlen rinnt. Aus Mutters Bauch kommt vielleicht jemand heraus, und dann bin ich nicht mehr die Jüngste, das Nesthäkchen, nicht mehr allein mit Mutter zusammen zu Hause beim Lesen, Einkaufen, Aus-dem-Fenster-Schauen, beim Überlegen, wie weit fort wir mit dem gelb-grünen Touristenbus fahren wollen, der unten an unserem Fenster vorbeidonnert.

Wir sind beide kurz vor Sommeranfang geboren, meine Schwester und ich, ich Ende Mai und sie am ersten Juni. Vielleicht wird dieser Mai gerade deshalb für mich zu einem Albtraum. Mutter bekommt wieder einmal ein Sommerkind! Ich bekomme eine neue Schwester! Wer weiß, was geschieht, vielleicht stellt sich zuletzt heraus, dass ich ein Wechselbalg bin, und Mutter erzählt mir das erst, wenn das neue Sommerkind da ist. Mutter beschließt, ihre »alte Tochter«, meine große Schwester also, und das neue Sommerkind zu behalten, und ich muss ins Kinderheim. Ich packe meine Sachen in den kleinen roten Koffer, den mir der Weihnachtsmann gebracht hat, Mutter wirft noch die wollenen Schlüpfer und den Rollkrageneinsatz dazu, dann geht's los. Mutter winkt mir in Eile aus dem Fenster hinterher, so als würde sie den Staublappen ausschütteln. Ich drehe mich um, schaue zurück und stürze direkt in die Gullysenke an der Ecke, schlage mir die Lippe auf, von der Stirn läuft mir Blut in die Augen, ich wische es mir von den Lidern und versuche, noch einen Blick auf Mutter zu erhaschen.

In meinem Kopf zirpt und summt es, wochenlang tue ich so, als läse ich nur, und behalte Mutters Bauch im Auge, nachts wache ich auf und prüfe die Wölbung der Bettdecke auf dem Nachbarbett, verfolge mit Argusaugen die Menge der Lebensmittel und sonstigen kleinen Dinge, die für die Familie eingekauft werden, verdächtige alles und jedes und spioniere alles aus bis zum Mittsommertag, wo mein Buch endlich wieder richtig herum liegen darf und die Stimmen in meinem Kopf verstummen.

An einem ganz gewöhnlichen Sommermorgen, als wir gerade zum Markt gehen wollen, um Kartoffeln und Heringe zu kaufen, bleibt Mutter für einen Augenblick vor dem Spiegel stehen, streicht sich über den Bauch, seufzt und sagt dann irgendwie abwesend, aber doch energisch lächelnd: Ach, dieser Altweiberbauch, ich muss wohl doch irgendeine Kur machen, aber gegen diese Bruchwampe hilft sowieso keine Diät.

Im Lauf der Jahre blieb Mutter oft neugierig-zerstreut stehen, um über ihre genüsslich sichtbare Schandpauke Betrachtungen anzustellen, manchmal hell auflachend, manchmal tief aufseufzend; manchmal vergaß sie alles um sich herum und betrachtete in den Schaufenstern der Geschäfte, im Ankleidespiegel der Sauna oder an der Wand des Luftschutzbunkers, wo sich die Schatten abzeichneten, abschätzend den vorgewölbten mittleren Teil ihres Körpers. Und natürlich verspotteten und verhöhnten wir Mutter um die Wette, wir Töchter, halb wirklich verärgert, weil die Knöpfe der Kittelschürzen, die wir Mutter kauften, sich über dem Bauch niemals schließen ließen. Und bei unseren Umarmungsversuchen schien es uns immer, als wäre da eine fremde dritte Person, die versuchte hervorzukommen.

Wie es ja auch tatsächlich der Fall war.

44

Man könnte die Geschichte unserer Familie in den Beinen zusammenfassen. Vielleicht sogar die meiner ganzen Sippe, sowohl väterlicher- als auch mütterlicherseits. Ich könnte allein die Beine wer weiß wie weit zurückverfolgen. Ich weiß, dass der Vater meiner Mutter infolge eines Unfalls an den Beinen eine Nekrose bekam, an der er schließlich qualvoll zu Grunde ging. Die Mutter meiner Mutter hatte so erstaunlich schmale Beine, dass die Leute sogar vom anderen Ende der Stadt kamen, um sie sich anzusehen, so habe ich es gehört, die Leute spähten über den Bretterzaun, wenn Großmutter auf dem Hof Wäsche aufhängte. Die Nachbarsfrauen nannten Mutters Mutter die Frau, die unterhalb des Nabels die Vorderbeine eines Pferdes hatte.

Vaters Vater war das unbekannte, mit tiefblauer Tinte ins Register eingetragene X, mein Vater also ein Bankert. Geschichten über Frauen, die ihre Ehre verloren haben, gibt es bei uns also in beiden Familien. Mein Vater hatte Zeit seines Lebens den Verdacht, dass sein richtiger Vater ein russischer Mann gewesen sei, der immer glänzend schwarze, langschäftige Stiefel trug. Als dieser Mann Anfang der Fünfzigerjahre starb, ging mein Vater hin und pinkelte auf sein frisches Grab. Und legte ihm dann auf Blumen und Kränze ein Paar Zigeunerstiefel mit ziehharmonikaartigen Schäften, die er auf irgendeinem Markt erstanden hatte.

Auch Vaters Mutter nahm die Beine unter den Arm und floh vor der Schande. Sie ließ ihren unehelichen Sohn in der Obhut ihrer greisen Eltern zurück und kehrte niemals wieder. Und so verging Vaters Kindheit damit, dass er Opas und Omas verhutzelte und schmerzende blaue Beine rieb und mit Glaubersalz wusch, während er sich nach seiner verschwundenen Mutter sehnte und sie mit der Zeit auch hasste. Und zur Frau nimmt dieser verlassene Jüngling natürlich mit schlafwandlerischer Sicherheit eine, die – wie seine Mutter – ihr Kind verlassen hat.

Mein Vater hinkt, er hat am linken Bein eine Kriegsverletzung. Er trägt im linken Schuh eine Einlage, die ihm helfen soll, gleichmäßiger zu gehen. Trotzdem schwankt er beim Gehen, taumelt unsicher, selbst wenn er gerade nicht betrunken ist. Das Laufen hat Vater schon längst vergessen müssen. Das versehrte Bein kann er nicht belasten, und auch bei forschem Schritt schleudert Vaters schlaffes Bein komisch zur Seite, so als wollte der linke Unterschenkel sich vom Knie lösen. Vater kann seine Schuhe nicht in einem gewöhnlichen Schuhgeschäft kaufen, sondern muss sich immer neue Spezialanfertigungen mit dicken Sohlen machen lassen, die die Knöchel stützen, Furcht erregende Schnürstiefel, lange vor ihrer Zeit.

Vater steht auf einem Regenwurm. Der harte, schwarz glänzende Schuh hat zwei Drittel des Wurms zu Brei zerquetscht, der in seiner blassfarbenen, klümpchenartigen Beschaffenheit an Preiselbeerschaumspeise erinnert. Das noch heile Ende des Wurms versucht verzweifelt, sich loszureißen, hin zum Rand des Rasens. Der Mittelteil des lebendigen Endes wellt sich, schwillt zu einem riesigen Klumpen, verschlankt sich wieder, und man erkennt darin einen sehr dunklen, scharf umgrenzten Punkt, der kleiner ist als ein Stecknadelkopf. Ob das Herz wohl noch da ist, überlege ich. Vater lacht, seine Rede wimmelt von ostfinnischen Dialektausdrücken, er steht nahe bei einem Bekannten, der ihm überraschend entgegengekommen ist, und als er seinen Fuß bewegt, zertritt er den Wurm noch einmal.

Am Abend will ich unbedingt den Mülleimer nach draußen bringen. Ich eile sofort zu dem zertretenen Tier. Immer noch pulsiert sein geschwollener Teil, strebt fort von der schleimigen, zum Teil schon getrockneten Masse, an dem sein eines Ende noch festhängt. Einen Augenblick lang betrachte ich das von Vater zertrampelte Wesen, lasse den halb leeren Metalleimer gegen meine Wade prallen, die Innereien von ausgenommenen Heringen und Kartoffelschalen, fast möchte ich in der Situation eine tiefere Symbolik sehen. Auf jeden Fall weiß ich, was gerade ich jetzt zu tun habe. Ich löse den heilen Teil des Wurms mithilfe von zwei Speiseeisstäbchen, die ich mir für ebendieses Manöver in die Tasche gesteckt habe, bringe den Wurm auf den Rasen und lege zum Schutz noch ein paar Büschel Gras darauf. Der Wurmstummel windet sich heftig, eigentlich springt er, in seiner neuen Kürze sieht er komisch aus, ein verrückt gewordener Stumpf, wie die Spitze des kleinen Fingers eines im Rasen vergrabenen Menschen, der einen zu sich heranwinkt, damit man sich alle Geheimnisse des Humusbodens ansieht.

Auch Mutter lahmt. Hinkt so richtig, watschelt und bebt wie eine Wippe, auf deren einem Ende jemand sitzt, der bedeutend schwerer ist als die Person am anderen Ende. Die Arthrose in der rechten Hüfte verzieht Mutters früher so aufrechte Haltung, sodass sie ganz schief ist, und verwandelt die vertrauten, beflügelten, energischen Schritte, die oft nichts Gutes verhießen, in einen geräuschvollen, hin und her schlenkernden Trott.

Wir sprechen niemals darüber. Über das Hinken. Über ihre Beine, die etwas Seltsames an sich haben. Über ihr Erlahmen, die offenen Beine, die Schmerzen, die Arthrose, das Rheuma, wir sprechen nicht über die Familie, in der allen die Beine wehtun, eitern, besondere Maßnahmen erfordern.

Niemals auch nur ein Sterbenswörtchen über die Beine meiner Schwester, die kurzen, gekrümmten Extremitäten, mit denen sie kaum noch Treppen steigen und nicht mehr lange allein, ohne Hilfsmittel, vom Bett aufstehen kann. Von Jahr zu Jahr wird es schlimmer, bewegt meine Schwester sich langsamer, qualvoller. In meiner Erinnerung gibt es kein Bild mehr von meiner laufenden, springenden großen Schwester.

Gleich nachdem ich lesen gelernt hatte, blätterte ich alle möglichen Sachbücher von unseren heimischen Bücherregalen durch, dann klapperte ich die Regale der Bibliothek von Kallio ab, in denen die medizinischen und anatomischen Bücher standen, suchte nach Informationen über die Beine, über Schäden, die bei der Geburt entstehen, über Wunden, Unfälle, Erbkrankheiten, Erste Hilfe und Heilmittel. Als Fünfjährige wusste ich alles über die Beine. Ich kannte alle Beinknochen auswendig, hätte jederzeit eine schematische Zeichnung der Beinmuskulatur von den Leisten abwärts anfertigen können.

45

Oft denkt sie in den Armen des Mannes, während sie seinen Duft einsaugt, an ein und dasselbe: Die lange Zeit älteste bekannte DNA stammte aus dem Blatt einer siebzehn Millionen Jahre alten Magnolie. Sie erinnert sich an das Bild: unter der matten Oberfläche des Bernsteins ein vollkommenes kleines Blatt, das von irgendwoher dorthin geflogen und heruntergefallen war, das auch seine Farbe vollkommen bewahrt hat.

Aber dann fand man die Termiten, die vor sage und schreibe dreißig Millionen Jahren von einem winzig kleinen, tropfenförmigen Harzstückchen eingefangen worden waren, alle versammelten sich an einem Rand des durchsichtigen Bernsteinstückchens, und ihre dünnen Flügel ragten hierhin und dorthin, dazwischen ganz feiner Schmutz, Ausscheidungen, Luftblasen, lose Flügel, abgebrochene Beine.

Sie beginnt zu zappeln, ihre Glieder zu bewegen, erst langsam, dann heftiger. Schwerer, süßer Duft! Sie spürt das warme, weiche Gewicht auf sich.

Sie spürt die Bernsteinmasse um sich herum hart werden. Sie sieht schon die voneinander abgewandten, verblassten Silhouetten ihrer Eltern und ihrer

Schwester. Sie wirft sich doppelt so heftig hin und her, bis sie endlich eine Luftblase findet, die am Rand der Masse zerplatzt und ihr den Weg nach draußen freigibt.

46

Es muss ein Geheimnis geben, ein Spiel, das missbilligt wird. Negative Neugier, entsetzte Bewunderung, zusammengepresste Lippen, aufscheinende Enttäuschung in den Augen, gerunzelte Stirnen, Verwunderung, Spott, sexuelle Attraktion, Brunst, jenes Unerklärliche, das man nicht herbeikommandieren kann.

Der Mann fängt an zu lachen, er dringt wieder und wieder in sie ein, stützt sich am Kopfende des verrosteten Eisenbetts ab, stößt mit seinem warmen, dicken Steinharten so heftig, dass sie einen schneidenden Schmerz verspürt, natürlich kennt er den Widerstand, dem Freude und Schande folgen.

Der Mann hat die letzten zwei Jahre nachmittags auf einer halb verfaulten Leiter gestanden und versucht, den endgültigen Zusammenbruch des Bibliotheksgebäudes zu verhindern, so erzählt er unter Lachen und Fluchen. In der letzten Woche ist von der Wand des großen Lesesaals wieder einmal ein Stück Mörtel herabgefallen, diesmal zehn Kilo schwer, nur wenige Zentimeter am Kopf eines jungen Studenten vorbei.

Von draußen hört man das Geknatter der Ladas und Wartburgs. Koksautos donnern vorüber, das kurze, skandierende Aufheulen der Sirene eines Milizwagens, mit klopfenden Schritten gehen die Frauen untergehakt über das Kopfsteinpflaster, in der Armbeuge einen Korb, aus dem ein langes Brot herausragt, eine Rose, ein Stück Butter und ein Klumpen fettes Fleisch vom Markt. Die jungen Frauen rudern mit geraden Armen, ziehen widerstrebende Mädchen, in deren Zöpfe Chiffontücher eingeflochten sind, und kleine Jungen mit chinesischen Schirmmützen und Rucksäcken hinter sich her. Alte Frauen schieben ihre mit Reisig beladenen Schubkarren und scheuchen schimpfend die allzu langsamen Fußgänger aus dem Weg. Frauen in Schuhen mit sehr hohen Absätzen schwanken die verkehrsreichen Straßen entlang von einem Ende zum andern, machen eine Flamingokehrtwende auf einem Bein und gehen wieder zurück.

Es kommt ihr so vor, als hörte sie alle diese Stimmen zum ersten Mal. Dabei steht das gesprungene, mit selbstklebendem Kreppband geflickte Fenster hier in ihrem Kellerzimmer die ganze Zeit einen Spaltbreit offen. Doch erst jetzt hört sie wirklich, erst jetzt dürfen die lebendigen Menschen der verlorenen Stadt in ihrem Bewusstsein lärmen. Und wahr und wahrhaftig, es klingt, als wälzte sich der gesamte Vyborger Nachmittagsverkehr durch das unterirdische Zimmer, wogte auf den Alkoven zu, überrollte das Bett. Die Frau legt sich zurecht, um in diesem Lärm von dem Mann liebkost zu werden, zu Füßen all dieser Leute, in der aschigen, nach Koksqualm stinkenden Hast.

Sie schließt die Augen: Frau und Mann, auf dem Bürgersteig, auf dem von der Hitze weich gewordenen Asphalt, die Abdrücke ihrer Körper.

47

Der Fliegende Holländer hat auf dem Hinterkopf einen gewaltig großen, grauen Haarknoten. In dem Knoten stecken dicke braune Haarnadeln, solche, deren Namen mich als Kind zusammenfahren ließen, weil man sie »die Leblosen« nannte. Eine andere Sache mit schrecklichem Namen gab es an den dicken, graubraunen Baumwollstrümpfen: Laufmaschen. Der Fliegende Holländer ist immer etwas außer Atem, trällert aber trotzdem unausgesetzt und ist jederzeit bereit, mit jeder x-Beliebigen ihren Lieblingspsalm zu singen. Das Gesangbuch hat sie immer im Seitenfach der Handtasche, in demselben Fach, aus dem im Bedarfsfall auch das kämpferische Liederbuch der Arbeiterschaft und die schönsten Schlager aller Zeiten zum Vorschein kommen.

Der Fliegende Holländer kommt vom Freundschaftsdienst, niemand weiß genau, von welchem, und niemand von uns hat Lust, eine so eigenwillige Persönlichkeit wie den Fliegenden Holländer danach zu fragen. Sie ist plötzlich da, setzt sich reihum ans Bett der Einsamsten und fragt, wie es denn gehe, wischt denjenigen, die mit weit offenem Mund daliegen, nur die Mundwinkel ab, kämmt ihnen die Haare, hält ihnen die Hand und trällert dabei in einem fort. Der Fliegende Holländer macht einen Knicks, wenn sie Guten Tag sagt, und winkt beim Gehen, Auf Wiedersehen, und den Segen der Vorsehung für euch alle.

Oft sieht man den Fliegenden Holländer, wie sie an der Tür des Büros lehnt und Antwort auf die Frage erwartet, ob es in der Abteilung jemanden gebe, der allein stirbt und bei dem sie Wache halten könnte, ob kein Neuzugang da sei, niemand über die Maßen Verängstigtes, ob es keine Autisten, Demenz- oder Alzheimerpatienten gebe, denen sie etwas von ihrer Qual abnehmen könnte. Wenn sie dann das Nötige erfahren hat, schmatzt sie und wendet sich in die angegebene Richtung.

Oftmals saß ich nur am Bettrand meiner dösenden Mutter und beobachtete das Treiben der Frau mit dem Dutt. Mit geschickten Händen räumte sie die Nachttische auf, wusch, ordnete, drückte, massierte, streichelte, wendete alles, was ihr unter die Finger kam. Ich hätte gern irgendwelche Einzelheiten aus ihrem Leben erfahren, aus ihrer Vergangenheit, von ihren menschlichen Beziehungen, hätte gern ein Netz von Ursachen und Wirkungen knüpfen, einen zweifelhaften, widersprüchlichen Sachverhalt, der mir das Rätsel des Fliegenden Holländers gelöst hätte, aufspüren, zu Tage fördern, heraussieben, finden wollen.

Mutter wollte den Fliegenden Holländer nicht in ihrer Nähe haben. Immer, wenn die Frau sich ihrem Bett näherte, streckte Mutter demonstrativ den Arm aus wie ein Verkehrspolizist, und so ging sie, energisch lächelnd, zum nächsten Bett und fragte dort, ob sie für die Patientin etwas tun könne. Mutter verfolgte den Fliegenden Holländer mit gerunzelten Brauen und schiefem Mund, sann verdrossen darüber nach, was das Geheimnis dieser Verkörperung der Selbstzufriedenheit war. Ich fragte Mutter, weshalb sie meine, dass der Fliegende Holländer etwas zu verbergen habe, etwas, das sie vergessen, vor den Blicken verbergen, nur für sich bewahren wollte.

Mutter lächelt. Ihr Gesicht bleibt an diesem Lächeln hängen, als wenn man ein Seidentuch an der Wand zum Trocknen ausbreitet, so weich und durchsichtig ist dieses Lächeln, so fein und flatternd, einen Augenblick später bereit herabzuschweben.

Mutter ist Sachverständige für schmachvolle Geheimnisse, und sie hat eines wieder erkannt.

Mutter hat sich angewöhnt zu summen, sobald der Fliegende Holländer auftaucht: Nur nicht aus Liebe weinen, provozierend laut. Ich sehe, wie es zum ersten Mal geschieht. Einen Augenblick lang sieht der Fliegende Holländer meine dreist trällernde Mutter anders an, als sie es sonst zu tun pflegt, ohne die freundlichen Fältchen um die Augen, ohne das honigsüße Sag-mal-cheese-Lächeln, und stimmt dann überraschend in Mutters Geträller ein. Und so singen die beiden immer, wenn sie im selben Zimmer sind, dieses Lied, von Anfang bis Ende, immer wieder und wieder, wie zwei Schwestern, die eine mit schrillem Stricknadelsopran, die andere mit rauem Raucherbass.

48

Aus den reifen Töchtern werden eifrige Vormünder ihrer Mütter, so wie aus den erwachsenen Söhnen Nutznießer, manchmal sogar Ausbeuter werden. Das Misshandeln alter Leute hat in demselben Tempo zugenommen wie das Vernachlässigen von Kindern, und meistens ist es der erwachsene, noch zu Hause wohnende Sohn, der den alten Menschen schlägt.

Die meisten Sterbebegleiterinnen sind reife Töchter, fünfzig Jahre alt, haben immer oder zumindest eine kleine Ewigkeit mit der Mutter zusammengewohnt, sind berufstätig, haben vielerlei Hobbys, machen viel und sind dennoch abgestempelt als einsame Frauen. Wenn die Mutter schließlich in den Sog des Krankenhauses geraten ist, sind das Leben der Tochter und die Pflege der Mutter eins. In vielen Fällen war es auch schon so, bevor die Mutter ins Krankenhaus kam.

Nur wenige Menschen im Lande sind stiller als diese vorzeitig tuntig gewordenen Frauen. Sie sind es gewöhnt zuzuhören, ein gutes Publikum zu sein, und im Grunde bilden sie die verspottete Masse, die in die Theater, Konzerte, zu den Podiumsgesprächen, zur Schulter-Rücken-Gymnastik und zu den Nachmittagsmodenschauen der Warenhäuser wandert. Es gibt viele von ihnen, sie füllen schnell einen leeren Raum.

Eine starke Identität haben die reifen Töchter nicht, wenn sie sie nicht aus ihrem Arbeitsfleiß und geringen Fehlzeiten beziehen. Alte Jungfern werden sie nur noch selten genannt, sich für selbstständige Frauen zu halten wagen sie nicht so recht, haben sie doch ihr ganzes Leben lang mit ihren Müttern die Seifenopern des Fernsehens ebenso wie die im Sonderangebot erstandenen Nudelaufläufe geteilt. Die Männer ihrer Altersgruppe sind im sicheren Hafen der Ehe gelandet, oder zumindest leben sie ein sorgfältig konstruiertes Doppelleben, das für die reifen Töchter nicht in Frage kommt; als Geliebte ihrer Altersgenossen sind sie viel zu alt.

Zu den Männern haben die reifen Töchter, die Frauen der geburtenstarken Jahrgänge, immer ein komplexes Verhältnis. Der Vater war an der Front, abwesend, der Vater war ein Held, der Vater kehrte zurück, falls er zurückkehrte, die Töchter bekamen ein entrücktes, kaputtes Idol, nicht viel mehr.

Die reifen Töchter sind so sensibel und konservativ, dass sie es kaum wagen, es mit jüngeren Männern zu versuchen. Und die viel älteren sind schon eine Last, haben keine Kraft mehr, irgendwohin zu gehen, sind nur noch auf der Suche nach jemandem, der sich um sie kümmert, wenn die alte Madame gestorben oder gegangen ist. Ein neues Mündel können die reifen Töchter aber nicht gebrauchen, denn sie haben ja Mutti.

Meine Schwester ist eine von ihnen, eine Tochter, die ihr Leben der Mutter geopfert hat. Das Zusammenleben meiner Schwester und meiner Mutter ist eine jahrelange, eigenartige Performance, die ich teils amüsiert, teils mit großer Hochachtung beobachtet habe, so als verfolgte ich ein Naturschauspiel, Auerhühner, Biber, Frösche.

Die eine spricht undeutlich, und die andere hört schlecht. Beide bewegen sich langsam, mit erhobenen Armen, leicht hinkend, vor Schmerz zusammenfahrend. Beiden ist es zu mühsam, eine ordentliche Mahlzeit zuzubereiten, also essen sie nur Baguette und Fleischwurst oder was sich sonst gerade im Kühlschrank findet. Meine Schwester verlangt von der Mutter, dass sie sie morgens weckt, damit sie rechtzeitig zur Arbeit kommt, und Mutter quält sich jeden Morgen, heiser brabbelnd, schon um fünf Uhr hoch, um in all ihrer Langsamkeit noch den Morgenkaffee zu kochen. Meine Schwester beschimpft Mutter bald aus diesem, bald aus jenem Anlass, und Mutter schnauzt zurück. Mitunter schubsen sie sich gegenseitig, es fliegt auch schon mal ein Löffel, den dann keine von beiden vom Fußboden aufzuheben vermag, und oft läuft es so, dass ich komme und all die Wutgeschosse aufsammeln muss.

Sie verbrauchen Aspirin, Kaffee, Kekse, Haushaltsschokolade. Der Fernseher läuft vom frühen Abend bis zum letzten Schneegestöber. Oft schlafen Mutter und Schwester, aneinander gelehnt, auf dem Sofa ein, und irgendwann fährt eine von beiden hoch und schaltet das Gerät aus. Manchmal sehen sie sich im Album aus der Zeit der Vertreibung die Bilder von

Vyborg an. Mutter klopft mit dem Nagel des Zeigefingers auf ein Bild, das ein großes, helles Gebäude zeigt, das Krankenhaus, in dem du zur Welt gekommen bist, sagt sie mit Nachdruck, meine Schwester nickt, du bist die letzte, in Vyborg geborene Finnin, flüstert Mutter, die Schwester gibt einen undefinierbaren Laut von sich, dann wird die steife, dunkle Pappseite umgewendet, die nächste Doppelseite in Angriff genommen.

An den Samstagmorgen gehen beide duschen, waschen sich die Haare, das Radio ist so laut aufgedreht, wie es geht, ohne dass die Nachbarn sich beschweren, Wunschkonzerte, volkstümliche Musik, alte Schlager, Quizsendungen und Unterhaltungsprogramme für die Nächte, in denen man aufblieb und Weihnachtsgeschenke bastelte. Die Ausgaben der Woche werden erörtert, Markstücke, Zehner, wie viel diese oder jene Doughnutpackung gekostet hat. Manchmal dreht meine Schwester der Mutter die Haare ein, packt ihr den Kopf voller ausgeblichener, gitterartig durchbrochener Lockenwickler aus Plastik, um die Mutter sich dann ein kaputtes weißes Chiffontuch bindet, in dem hier und da noch einige Goldfäden zu finden sind.

Meine Schwester geht nie aus, trifft niemanden außer Mutter und mir und den Leuten ihrer Arbeitsstelle, eines kleinen Büros. In ihrer Schulzeit hatte meine Schwester eine Freundin, ein Mädchen, deren eines Bein länger war als das andere und die deshalb an dem kürzeren Bein einen braunen Brocken von einem Schuh trug, wie ein Tonklumpen, der am Knöchel angetrocknet war. Dann zog die Freundin in einen anderen Ort und fand einen Mann, der bei einem Verkehrsunfall erblindet war und dessen großer Namenskrakel sich mit Sicherheit auf den Weihnachts- und Osterkarten findet, die die Freundin gewissenhaft schickt. Meine Schwester hat ihre Schulfreundin seit dreißig Jahren nicht gesehen, bewahrt aber alle ihre Ansichtskarten in Kartons auf, nachdem sie eine Weile gegen den Fuß der Tischlampe in der Küche haben lehnen dürfen.

Auf dem Hof werde ich wegen meiner Schwester verhöhnt. Die schlimmste Schmeißfliege, die mich umschwirrt, ist ein schielendes, halbseitig gelähmtes dickes Mädchen aus dem Nachbarhaus, das einen Geburtsschaden erlitten hat und dem schon in der Pubertät am Kinn dicker, schwarzer Flaum zu wachsen beginnt.

Oft fliehe ich mitten aus dem Spiel nach Hause und verursache eine mit den Händen greifbare Stille, wenn ich unter Schluchzen frage, was eine Hilfsschule für Säuferkinder und was die Missgeburt eines syphilitischen Russkis ist.

Wegen meiner Schwester muss ich schneller rennen und auf Schlittschuhen die Schnellere sein, muss weiter tauchen und es wagen, auf der Leiter an der Hauswand am höchsten zu klettern, wegen meiner Schwester muss ich mitten auf dem Hof irritierende Solotänze vollführen, wegen meiner Schwester muss ich als Allererste lesen und schreiben lernen, wegen meiner stillen Schwester möchte ich so gern alle zum Verstummen bringen.

Vater rächte sich an Mutter für ihre Sünde, die in Vyborg herausgekommen war, bis zuletzt und zog in die Tiefen seiner Rachgier unausweichlich auch uns Kinder mit hinein. Er gab Mutter, wenn überhaupt, nur wenig Wirtschaftsgeld. Meine Schwester musste schon als Teenager, sobald sie in einem winzigen Büro Arbeit gefunden hatte, für den Unterhalt der Familie aufkommen. Ihren ganzen Lohn gab sie der Mutter, ohne für sich selbst etwas zurückzubehalten. Manchmal vertrank Vater auch das noch, dann aßen wir tagelang nur gekochte Kartoffeln und Salzheringe.

Meine Schwester bezahlte, ohne zu mucksen, auch meinen Schulbesuch, meine Hobbys, meine Kleider, die Kinokarten, alles. Einer der großen Widersprüche meines Lebens: Meine menschenscheue, vielerlei Schmerzen leidende Schwester finanzierte mir meine Vergnügungen.

Zwischen Mutter und meiner Schwester besteht bis zuletzt eine äußerst enge, von beiderseitiger Scham, Schuldhaftigkeit und Mitleid gesättigte Symbiose, und ich stehe außerhalb davon. Oder besser gesagt, ich gehöre zu dieser Symbiose als externes Mitglied. Dieser Zustand ist eher eine Symtriose, ich bestätige mit meiner Existenz, mit meiner Andersartigkeit ihre sonderbare Abhängigkeit.

49

Im Krankenhaus lässt die Mutter, lassen die Mütter, die noch irgendwie können, ihre reifen Töchter springen. Es ist ihre letzte Gelegenheit, anderer Meinung zu sein, sich zu entrüsten, den Krieg und die Notzeit ins Feld zu führen, ihren bereits ergrauenden Nachkommen Schuld einzuflößen, jetzt wo sie zum ersten Mal den Farbton der Wachstuchdecke für den Küchentisch selbst wählen, die Fenster putzen oder es lassen, über das Facelifting und die Frau des Staatspräsidenten jeder beliebigen Meinung sein können.

Die mit Trauerarbeit gewürzte, dem Selbstständigwerden dienende Rebellion vieler Töchter kommt heftig daher. Die ganze Abteilung für chronisch Kranke hallt wider, Tabletts und Vasen fliegen, wenn die fünfzigjährigen Halbstarken, wie wir sie nennen, das herauslassen, was sie jahrzehntelang hinuntergeschluckt haben. Plötzlich kommt eine der Frauen ihre Mutter in einem Minirock mit Schottenmuster besuchen, eine andere hat sich die Haare weinrot gefärbt, wieder eine andere wechselt den Beruf, eine vierte die Marke der Hormontabletten.

Es gibt auch einsame Töchter, die noch auf den letzten Metern die Unterstützung ihrer willensstarken Mutter brauchen, solche, für die der nahende Verlust tatsächlich ein größerer Schrecken zu sein scheint als für diejenige, die gehen muss. Manche werden krank, bekommen psychosomatische Beschwerden, hören auf, sich zu pflegen und zu essen, die letztmögliche Anorexie. Sie bleiben der Arbeit fern, nehmen Urlaub, um rund um die Uhr am Bett der Mutter zu wachen, den Puls fühlen, die Temperatur messen und bereit sein zu können, der Mutter die Bettpfanne zu reichen.

50

Sie gehen auf das Schwarze zu, das Wasser glänzt wie öliges Pech, Straßenlaternen sind schlicht nicht vorhanden oder nicht eingeschaltet. Der Kies knirscht unter ihren Schritten, in den großen Laubbäumen rauscht der warme Südostwind, der salzige.

Die Straße ist dunkel. Wie könnte es anders sein, denkt die Frau bei sich. Die Namensschilder stimmen nicht, die frisch gedruckte Karte ist schon uralt. Die Frau hat Freude an allem, was irgendwie verkehrt ist, irrational, einer Kreuzung von Lachen und Weinen entstammt, auf die man jeden Augenblick stößt. Sie fühlt sich heimisch dadurch, gesteht sie dem Mann. Sie erzählt, dass sie von allen Märchen gerade das mit dem Titel »Der Tag des falschen Königs« immer am liebsten gehabt habe.

Die Straße endet plötzlich, vor ihnen geht es steil nach unten, irgendwann hat man damit begonnen, dort Müll hinunterzuwerfen, weiter unten Haufen von Ziegeln, eine alte Steinmauer, ganz unten blinkt das Meer, eine Bucht ohne Boote. In der Ferne eine Silhouette, so dunkel gegen die Finsternis, dass die Frau den Kirchturm nicht von der Festung unterscheiden könnte.

Als sie da am Ende der Straße steht, fallen ihr zwei Sachen gleichzeitig ein, zum einen, dass sie ihre Handtasche in dem gemieteten Zimmer zurückgelassen hat, und zum anderen erinnert sie sich wieder wortwörtlich an das, was sie und ihre zweitbeste Freundin an einem Frühherbstmorgen auf den Felsen des Linnanmäki, zur fernen Großkirche hinüberblickend, einander geschworen hatten. Sie beide, die

Hausmeisterstochter und sie selbst, hatten in der einen Hand eine Muschel und in der anderen eine Eichel, an die tiefere Symbolik dieser Gegenstände erinnert sie sich nicht mehr. Zusammen standen sie auf dem äußersten Felsvorsprung und schworen, die Arme umeinander geschlungen, dass sie sich niemals mit einem Mann einlassen, sondern als Novizinnen ins Kloster gehen würden, sobald sie fünfzehn wären, und dann als tugendhafte und abgeklärte Nonnen Schafe und Hühner züchten und Steckrüben und Gurken anbauen würden. Sie weiß noch, dass sie wegen der Gurken heftige Meinungsverschiedenheiten hatten, ob es für fromme Nonnen schicklich war, Gurken anzubauen. Irgendwie ahnten sie, dass den Gurken eine gewisse Gefahr innewohnte, die mit einer allzu lebhaften Phantasie zu tun hatte, und nach einem kurzen, heftigen Disput gelangten sie zu dem Schluss, dass Freilandgurken nichts Anstößiges an sich hatten, solche richtig kleinen Stummelchen, die man für eine Mark das Kilo auf dem Markt von Hakaniemi bekam.

Sie lacht, tastet an der Hüfte nach ihrer Tasche, um etwas herauszuholen, weiß nicht mehr, was, und da reicht der Mann ihr ein Taschentuch. Sie hat gar nicht bemerkt, dass sie so heftig weint.

Bin ich schon so weit, fragt sie ihn, lacht, schnäuzt sich die Nase in das stark nach Machorka riechende

Stück Stoff. Beim Küssen beißt sie dem Mann so stark in die Unterlippe, dass sie spürt, wie ihr das Blut in den eigenen Mund fließt. Sie schluckt, saugt, lacht.

51

Ist das Fest schon zu Ende, fragt Wilhelmiina und lächelt, wobei ihr die Zunge aus dem Mundwinkel heraushängt. Ich kann ja abwaschen, versetzt Aliisa darauf und macht mit den Händen kreisende Bewegungen. Wilhelmiina verbeugt sich nach rechts und nach links, die letzten Gäste wollen gerade gehen, ein fescher Offizier verfällt auf die Idee, ihr einen Handkuss zu geben, so, wie es sich gehört, die runzligen Knöchel lediglich streifend, Wilhelmiina schließt für einen Moment die Augen, senkt den Kopf.

Aliisa, sei vorsichtig mit dem blau-weißen chinesischen Service, erinnert Wilhelmiina sie. Und mit den Kandelabern, den Kandelabern!

Ich werde mich schon vorsehen, erwidert Aliisa und rückt ihre kleine Brille zurecht, dann setzt sie die kreisenden Bewegungen auf der Decke fort.

Allmählich steigen auch die anderen, die wach sind und es noch können, in dieses Spiel ein, sie nennen es »Wenn das Fest zu Ende ist«. Eine will die Garderobe aufräumen, die andere den Saalfußboden aufwischen, eine dritte die Blumen gießen, eine vierte die Aschenbecher leeren, und eine wischt immer die Ringe vom Deckel des Flügels, die die Champagnergläser hinterlassen haben. Meine Mutter verfolgt das Treiben ihrer Mitpatientinnen mit erhobenen Brauen, betont desinteressiert mit der dicken Zeitung raschelnd. Manchmal, wenn eine der alten Frauen meiner Mutter dann ein imaginäres Fuchscape reicht oder darum bittet, eine Droschke bestellen zu dürfen, presst Mutter zwischen den Zähnen hervor: Blödsinn.

Auch wir, die Sterbebegleiterinnen, haben in diesem Spiel einen Platz. Wir müssen gehen und die Kinder zu Bett bringen, wir können die Kaffeebohnen für den nächsten Tag mahlen, wir sollen nachsehen, ob die Fenster zu und die Türen verschlossen sind und ob im Stall genug Heu ist

Und wir tun, was man uns aufgetragen hat. Wir wandern betont langsam im Zimmer auf und ab, gestikulieren mit den Händen, das Licht des Krankenzimmers schimmert bläulich, unsere Schatten zeichnen sich zart, mit schwachen Konturen, so blass auf der Wand ab, dass wir schließlich uns selbst dorthin zuwinken müssen, wie vom Kai her einem Schiff, wie jemandem, der uns, halb nachlässig gegen die Reling gelehnt, zusieht. Wir winken, um zu glauben, dass wir gerade dort, jenseits der Stimmung des Scheidens, sind.

52

Unten, unterhalb des brüchigen Abhangs, plätschert gedämpft das Wasser, die dunkle Masse wogt verstohlen vor und zurück, lautlos, so wie das Blut im menschlichen Körper, genauso, wie das Verlangen erwacht, dicke nachtblaue Feuchtigkeit, tintige, steif schwankende Schatten.

Der Mann lehnt zerstreut gegen ein Stück Ziegelwand, einen Augenblick lang stehen sie nebeneinander, so als wären sie eigens die schmale Treppe bis ganz auf den Bug hinaufgestiegen, als dächten sie die Gedanken, die auf das anschwellende Dröhnen des Schiffsmotors folgen, einen Augenblick, bevor das Schiff sich vom Kai löst.

Sitzt Mutter im Zug mit dem Gesicht in Fahrtrichtung? Hält es sie an ihrem Platz? Geht sie die Gänge auf und ab? Verhält sie sich wie jemand, der auf der Flucht ist, oder wie eine eifrige junge Beamtin, die zu ihrer Arbeitsstelle reist?

Mutter flüchtet nach Osten, das Baby Nummer eins bleibt im Westen.

Es vergehen drei Jahre, und wieder flieht Mutter, wieder mit dem Zug, wieder ohne Mann – mein Vater bleibt bis zum letzten Augenblick in Vyborg, füllt seinen Koffer mit Büchern aus der Bibliothek, Botanik und Sprichwörter, macht sich in der Stadtbibliothek zu schaffen, bis die Soldaten kommen und ihn gewaltsam auf die Ladefläche eines Lastautos verfrachten, gemeinsam mit einem halben Dutzend Schweinen und einem in Plastik gehüllten weißen Konzertflügel.

Diesmal hat Mutter eine neu geborene Tochter, das Baby Nummer zwei, im Arm. Sie stillt, und die Sirenen heulen, ein Teil der Flüchtlinge im Zug stiebt aus dem fahrenden Zug in den Wald, die Bomber fliegen im Tiefflug darüber, Mutter aber stillt, starrt auf den vor ihr hängenden Griff der Notbremse, von dem ein schwarzer Rosenkranz herabbaumelt, den jemand dort zurückgelassen hat.

Bei diesem zweiten Mal steht die ganze Stadt mit ihren Brücken hinter Mutter buchstäblich in Flammen.

Was für ein Gefühl erzeugt das neue Baby, die zweite Tochter in ihrem Schoß, in der Mutter? Ist es schwächer, schöner, weint es mehr? Weilen Mutters Gedanken oft bei dem ersten, bei dem mit dem Blumennamen? Das Mädchen spricht schon, nennt girrend jene andere Mutter, die auch allein geblieben ist. Gibt es Glück in ihrem Leben? Gibt es im Leben eines unehelichen armen Mädchens und einer unfruchtbaren Witwe Glück?

53

Sie hat mindestens zweiundfünfzig Handtaschen, für jede Woche des Jahres eine, und noch mehr. Sie hat große Taschen und kleine, in allen Farben der Jahreszeiten und des Regenbogens. Sie hat Abendtaschen und rucksackartige, einige mit Klappen und andere ohne, einige mit einem Rachen wie eine Geldbörse und andere mit Reißverschluss, aus Kalbsleder und aus Schweinsleder, aus Wildleder und aus Lackleder, aus Sisal, Markisenstoff und Plastik. Sie hat eine Handtasche für jeden Zweck, sie nimmt immer einen Satz von Taschen mit für ihre verschiedenen Stimmungslagen, packt sie, tut Portemonnaies, Schminktäschchen, Bürsten, Taschentücher, Spiegel hinein und ist niemals zufrieden. Nie sind die Taschen, die sie mitgenommen hat, die richtigen, sie sind zu klein oder unnötig groß, oder die Farbe passt überraschenderweise zu keinem der Kleider. Und dann passiert es manchmal auch, dass sie die Tasche vergisst, im entscheidenden Moment ist weder sie da noch das, was sie sorgfältig darin verstaut hat.

Sie hat tausende von Stunden ihres Lebens damit verbracht, inmitten eines Haufens von Taschen und Portemonnaies zu hocken und die richtige Wahl zu treffen. Tasche, Börse und Schminktäschchen müssen farblich zueinander passen. Die Bürste darf nicht zu groß sein, andererseits aber auch nicht zu klein. Für Stifte muss es eine gesonderte Seitentasche mit Reißverschluss geben oder ein kleines Fach mit Klappe an der Außenseite der Tasche.

Ihre Mutter, das heißt die Frauen aus der Generation ihrer Mutter, hatten zwei Handtaschen mit Bügel, auch eine dritte Tasche, je nach sozialer Stellung. Da war eine weiße, oft mit Korbflechtereien verzierte kleine Handtasche, die man in der Armbeuge trug, und eine schwarze oder dunkelbraune vom gleichen Typ für Herbst und Winter. Bei einigen konnte die Wintertasche auch dunkelblau sein. Diejenigen, die auch abends ausgingen, hatten eine ganz kleine Abendtasche, Modell Briefumschlag, oder einen Beutel, den man an einer ums Handgelenk geschlungenen Schnur trug.

Die Handtasche musste immer zu sein, sorgfältig geschlossen, so zugeknipst, dass das Geräusch noch lange in einem nachhallte. Beim Sitzen hatte man die Handtasche immer auf den Knien und hielt sie mit beiden Händen fest, oder sie lag eng am rechten Schenkel an und man drückte sie fest mit der Handfläche dagegen.

Wenn jemand zu Mutter sagte, ihre Handtasche sei offen, wurde sie rot und prüfte das blitzschnell nach.

Sie, die Tochter, schließt niemals Klappen und Reißverschlüsse, Magnetknöpfe oder Klettverschlüsse. Deshalb ermahnt die Mutter sie immer. Nun mach doch mal deine Handtasche zu, Mädel. Sie wirft sich den herabhängenden Rucksack mit den Fransen auf den Rücken und lacht über den entsetzten Gesichtsausdruck der Mutter.

Einige Tage vor ihrem Tod sagt die Mutter etwas Bemerkenswertes zu ihr. Sie spricht mit geschlossenen Augen, weist an die Decke, als stellte sie sich vor, dort oben sei irgendein Ladenregal, lässt ihren Zeigefinger daran entlanggleiten, dann hält sie an einer Stelle und beginnt flink mit dem Finger in die Luft zu stupsen.

Diese hier nehm ich, sagt sie. Diese leuchtend rote. Hat sie ein Seidenfutter von derselben Farbe? Und kein wie immer geartetes Schloss? Und auch keinen Reißverschluss? Sie soll auf keinen Fall ein Schloss haben. Sehen Sie ruhig hinein, Sie können es sich ansehen. Weiches rotes Leder. Sie brauchen sie nicht einzupacken, ich nehme sie gleich in Gebrauch. Ich nehm sie.

54

Wenn nur eine Einzige schlimmes Heimweh hat, steckt sie damit alle anderen an. Plötzlich treten wir in ein Zimmer, in dem sechs im Bett liegende Frauen aus voller Kehle weinen, das Gebiss klappert, die Bettränder klirren. Auch aus dem Nachbarzimmer hört man Schluchzer, die nichts Gutes verheißen.

Der Gesamteindruck, dieser Anblick, ist so überwältigend, dass wir nicht wissen, womit wir ihn vergleichen sollen. Mit dem ersten Besuch in der Entbindungsstation, wo man die Neugeborenen in einer Reihe sieht, in ihren kleinen Wiegen, und alle haben den kleinen Mohnrachen aufgesperrt? Mit den Angehörigen der Opfer einer fürchterlichen Naturkatastrophe, eines schrecklichen Unfalls, die klagend zusammengesunken sind, den Himmel anflehen, ihren Körper wiegen? Mit jungen Witwen, die ihren Säugling verloren haben, verirrten Großmüttern, Frauen am Rand des Abgrunds? Mit Frauen, die sich an die Galionsfigur eines untergehenden Schiffs klammern?

Diesmal hat meine Mutter mit dem Weinen begonnen, sie hat die ganze Nacht wach gelegen und verlangt, dass die Schwestern sie freilassen, nach Hause, fort aus diesem verdammten Zuchthaus, fort aus der

Todeszelle. Mutter ist schon seit Monaten nicht mehr aus eigener Kraft aus dem Bett aufgestanden, geschweige denn, dass sie im Rollstuhl gesessen hätte, und je länger das her ist, desto größer wird Mutters Angst.

Jeder kurze Halbschlaf ist voll von Beinen und Händen, die sich von selbst bewegen, von Laufen, Tanzen, Hocksprüngen, Radschlagen. Nachts, wenn sie nicht wach liegt, träumt Mutter ein und denselben Traum von einer Verfolgungsjagd, vom Rattern des Zuges: An den Bahnübergängen bimmelt es, ein Baby weint, ein ganzer Waggon voller Leute schreit vor Entsetzen, das Brummen eines Jagdbombers kommt näher, der Zug verlangsamt das Tempo, alle anderen rennen Hals über Kopf in den Wald, nur Mutter bleibt an ihrem Platz, schwankt leise von einer Ecke der Bank zur andern, schützt mit ihrem Körper das Kind, hat im Traum einen Traum: Hinter dem nächsten Birkenwäldchen blaut schon das Meer, voll von schwimmenden, ausgelassen im Wasser tollenden Menschen, von denen man nur die Köpfe und Arme sieht.

Mutter sieht mich flehentlich an, drückt mit beiden Händen mein Handgelenk, dass ihre Knöchel weiß werden, will mit mir mitkommen, fleht, weint, beschimpft mich, erzählt wieder und wieder ihren Traum, sieht mich mit ihren ausgeblichenen Nussaugen verzweifelt an, bewegt die Lippen, die Stimme wird heiser, die grauen Wimpern blinkern in rascher Folge, das heftige Heimweh erschöpft sie, und schon bald bläst sie den leichten Nachmittagsschlaf durch die Lippen. Vorsichtig löse ich meine Hände aus ihrem Griff, betrachte das blasse, zur Seite gerutschte Gesicht.

55

Vor Jahren wollte ich gern, dass Mutter sich im Fernsehen Tarkowskis »Der Spiegel« ansah, der für mich einer der bedeutsamsten Filme meines Lebens war. Schon gleich bei den ersten Szenen verstummte Mutter, erstarrte auf ihrem Stuhl. Heimlich betrachtete ich sie: das Kinn steif, leicht zitternd. In den Augen ein Ausdruck der Erschütterung, die langen Wimpern begannen rasch zu blinkern. Plötzlich fing Mutter an zu schreien, sie schrie aus vollem Hals, meine Schwester und ich erschraken und dachten, sie habe irgendeinen Anfall, schalteten den Fernseher aus und knipsten im Zimmer das Licht an. Mutter hörte auf zu schreien und sah uns verdutzt an. Was ist passiert? Du hast geheult wie ein Wolf. Ich soll geheult haben? Mutter sah uns fast feindselig an. Wie ein Wolf? Mutter steht mühsam vom Stuhl auf, stöhnt und hält sich die Hüfte. Sagt dem Tarkowski, dass ich mir mein Heimweh selbst einrichte.

Danach wurde nie wieder von Tarkowskis Filmen gesprochen. Seither habe ich mir jeden einzelnen seiner Filme angesehen, viele Male, und immer werde ich fortgerissen in denselben dunklen Strudel, die Vergangenheit, etwas, das gerade mit Mutter zu tun hat, etwas, das mit meiner Kindheit, meiner Familie zusammenhängt, eine geheimnisvolle, dunkel glühende, patinierte Vergangenheit voller Schattierungen, voller herausgerissener Fotos, mit weißen Laken verhängte Zimmer, Schränke, die man niemals öffnen, Schallplatten, die man niemals anhören darf, Milchgläser, die auf dem Abwaschtisch klingeln, ein goldenes Kruzifix auf dem Schulterblatt eines Kindes, das auf der Seite eingeschlafen ist, dunkler, stinkender Wind, ein welliger Waldrand, unerklärliche Brände, Glassplitter in der Butterdose, plötzliche Bahnfahrten nach Osten und Westen und wieder nach Osten, Koffer mit knallend aufschnappenden Schlössern und bunten Aufklebern, geflüsterte nächtliche Telefonate, Anklagen wegen Schmuggels, der weinende Vater in der blutigen Badewanne und fünfzig goldene Damenarmbanduhren, die wirr um ihn herumliegen, Ikonen im selben Bündel, in dem sich auch Mehl und Salz befinden, Sonnenschein, der auf das Stroh des Schafstalls fällt, und da schlafen sie nebeneinander, meine Eltern, Mutter, Vater und das Baby, meine kürzlich geborene Schwester. Flüchtlinge, unterwegs in die Stadt, wo ich zehn Jahre später geboren werde, aus Versehen, verspätet, zur Überraschung aller groß und gesund, und man legt mich meiner Mutter an die Brust, Mutter kratzt unter der dicken Schicht Käseschmiere mein Gesicht hervor, geradezu ein Abendstern. Du bist meine dritte Tochter, möge Gott es sehen, dich gebe ich nicht her, auf dich will ich stolz sein, denn du bist gesund, dein Gesicht ist heil und dein Mund normal entwickelt.

56

Die Mutter liebte sie wie ihr einziges Kind. Sie meinte immer, das liege an dem großen Altersunterschied zwischen ihr und ihrer Schwester. Sie war das Nesthäkchen, die kleine Prinzessin der Familie, Sonnenstrahl und Abendstern.

Allmählich begann sie zu ahnen, dass hinter der Leidenschaft, der intensiven und bedingungslosen Attitüde des Besitzens, ja Dienstbereitschaft und Unterordnung vor ihr mehr steckte, etwas, das über ihre Fassungskraft ging. In die Freude über die Wärme und Fürsorglichkeit der Mutter mischte sich immer eine geheimnisvolle, unerreichbare, unsichtbare Botschaft, eine Nachricht, deren Empfangscode schon irgendwie in ihr vorhanden war, verborgen in ihrem

Fleisch, und so wartete und wartete sie geduldig. Mutter war in ihrer Liebe wie ein dämmeriges Zimmer, an dessen Schwelle eine mucksmäuschenhafte Stille einsetzt, ein Gehen auf Zehenspitzen, das Unterdrücken von Niesen, still still, dies hier ist ihre liebe Mutter, die ihr so oft, in Gedanken versunken, über das Haar streicht, die Mutter, die ihr unbeholfen eine kleine Mahlzeit bereitet, wenn sie aus der Schule kommt, die Mutter, die die angebrannten Klöße für sie warm hält, und sei es bis in alle Ewigkeit, die Mutter, die ihre Kleider repariert, die Mutter, die sie mitten in der Nacht geduldig ankleidet, wenn der Vater die Möbel von einer Ecke des Zimmers in die andere schleudert. An Mutters ausladende Brust gelehnt, hockt sie auf der Kellertreppe, hinter der verbeulten Tür des Zivilschutzraums, den Rand des schwarzen Persianers im Gesicht. Mutter wischt mit einem Zipfel ihrer nach Mentholzigaretten riechenden Schürze die eigenen und die Tränen der Mädchen ab. Mutter reibt ihr mit einem Wollstrumpf die Wange, wenn sie Zahnschmerzen hat. Mutter wacht nachts auf, wenn sie Albträume plagen, und wiegt ihr die zarte Hand, hält sie am Handgelenk, summt leise. Diese Stille, diese sanfte Ergebenheit, die keine Fragen stellt, diese Stille der Mutter reift ihr ganzes Leben lang in ihrem Fleisch.

Sie steht immer noch auf dieser Pst!-Schwelle, sie

hat erst ein wenig den Kopf bewegt, einen einzigen Finger ausgestreckt, vorsichtig, mit angehaltenem Atem, vielleicht noch nicht einmal das. Sie ist von Mutters Rätsel ebenso weit entfernt wie bisher, ein Zimmer weit entfernt, und sie hat noch niemals etwas geschrieben, auch wenn sie es manchmal glaubte, was die seidige Haut ihrer Mutter gestreift hätte, den kleinen Mund, den schroffen Blick, und keine einzige ihrer Errungenschaften hat auch nur irgendeinen wirklichen Wert, denn Mutter lächelte nur quer durch ihr dämmeriges Zimmer, lächelte über das Studium, die Freunde, die Wohnungen, die Bücher, die Kinder. Die Mutter lächelt mit dunklen Augen, zusammengepressten Lippen. Es gibt kein erstes Buch, denn keines erzählt von Mutter. Es gibt überhaupt keine bedeutende Tat, denn erst jetzt beginnt sie ihre Mutter zu erahnen, ihre Kindheit. Sie hat noch nichts getan, sie hat noch niemanden geliebt, sie hat noch nie etwas anderes tun können als an der Schwelle dieses Dämmers zu stehen und zu warten, ein Zimmer weit entfernt.

57

Der Endspurt beginnt beim Magen. Mutters immer heftigeres Heimweh verletzt den Magen und macht, dass er blutet. Platte Blutkonserven erscheinen neben

Mutters Bett, pendeln an den Gestellen wie kleine Stoffpuppen in roten Kleidern. Mutter schluckt zum ersten Mal im Leben ein Schlafmittel und beginnt zu schlafen, einen benommenen, delirierenden Schlaf, dessen tiefste Phase mal früher, mal später beginnt, manchmal am Vormittag, manchmal am späten Abend.

Mitten in der Nacht öffnet Mutter die Augen und sieht durch mich hindurch, der Star gibt ihrer braunen Iris in dem bläulichen Licht der Nachtlampe einen seltsamen Glanz. Mutter will Sekt, sie klingelt und bestellt den besten Sekt des Hauses, denn jetzt gibt es einen Grund zum Feiern, eine Person möchte den Sekt aus ihrem Schuh trinken.

Die Schwester bringt das erste beste Gefäß, das auch nur im Entferntesten an einen Schuh erinnert und das ihr im Geschirrspüler in die Hände geraten ist. Sie schenkt in das gläserne Wassergefäß kalte Apfelbrause, und Mutter greift mit einem fiebrigen Glanz auf dem Gesicht nach »ihrem Schuh«. Sie flüstert etwas nach links, lacht hell auf, hebt dann das Gefäß und leert es in einem Zug. Auf ihrem Gesicht erscheint ein volles, glückseliges Lächeln. Sie schließt die Augen, und ihre Gesichtsmuskeln sinken allmählich zurück in den Schlaf, der Mund öffnet sich ein wenig, die Nasenflügel beben kaum wahrnehmbar. Manchmal heben sich ihre Hände und schwanken hin und her, wie zum Takt der Musik. Manchmal nuschelt sie, ohne die Augen zu öffnen, einen Satz, eine Schlagerzeile, den Namen einer Straße, eines Kinos, Schiffes, Parks, Kleiderstoffs. Mutter ist in die Kleinstadt zurückgekehrt, zu ihren Angehörigen.

Mutter selbst vergleicht ihre letzten Monate mit einem Wettrennen. Sie spricht von den zwei letzten Runden, erst die Lungen und dann das Herz, das Herz als Anker.

Mutter betrachtet ihren Zustand wie ein ironischer Kommentator, mal ist der Lungenentzündung der Schwung und der Stil abhanden gekommen, mal verursacht die Herzinsuffizienz Getrippel in der Brust, nach Mutters Ansicht müsste man die ganze Darbietung disqualifizieren. Vor allem, sagt Mutter mit unsicherer Stimme, vor allem müssen wir vernünftig an diese Sache herangehen. Man muss vernünftig sein.

Die Sterbebegleiterinnen versammeln sich um Mutter herum, überzeugen sich zuerst, dass sie tatsächlich eingeschlafen ist, spähen dann über die Ränder des Betts nach ihrem Gesicht, sehen zwischendurch mich an, wissen selbst, wie sehr sich in meine Furcht schon die Hoffnung, der Ruf mischt. In diesen Momenten liegt eine Andeutung von Qual auch zwischen uns. Ob sie wohl schon etwas sagen über Mutter, Kommentare, letzte Worte, etwas, von dem sie selbst sehr wohl wüssten, dass es der übliche Unsinn ist, Lobhudelei, Beschönigendes, da man Mutter auch beim besten Willen nicht als unkompliziert-fröhliche und gelassen-sympathische Patientin in Erinnerung behalten kann.

Ich stelle fest, dass ich diese neue Peinlichkeit zwischen uns mag, sie ist wie die wachsame Mattigkeit eines Tiers, geheimnisvolle, ein wenig feindselige, weiche Anwesenheit, mattes, rot glühendes Licht, ebenso wie Mutter, genau solch eine Atmosphäre passt zu Mutters letzten Lebenstagen.

58

Irgendwann, zu Beginn der Endphase, gehen die Empfindungen von Begleiten und Begrüßen durcheinander. An der Tür drehe ich mich um und schaue zurück, Mutter winkt mir zu, zwei Balken zwischen den Augenbrauen, schüttelt ein wenig den Kopf, sei vorsichtig, sei vorsichtig dort. Ich wundere mich selbst über meine Hand, die zurückwinkt, der schwarze langschäftige Lederhandschuh verwandelt sich in einen Fausthandschuh voller Eiskristalle, dessen Daumenspitze so ausgefranst ist, dass sie in lange Fäden seitlich an dem Handschuh herabhängt. Tschüss Mutter, mach's gut, und während ich in den eisigen Frostabend hinaustrete, erfüllt mich das warme Bewusstsein, dass ich jederzeit auf dem Absatz kehrtmachen, mit meinen etwas zu großen schwarzweißen Skistiefeln zurück in den dämmerigen, schmalen Korridor gehen und rufen kann: Hallo Mutter, ich bin schon wieder da! Und Mutter würde dasitzen, an derselben Stelle in der Küchenecke, das harzige Licht der Küchenlampe auf dem Gesicht, auf den Armen, würde sich ein wenig aufrichten, würde sich mit ihrem großen Bauch, mit der Schürze ungeschickt auf mich zubewegen, würde ein wenig hinken, wenn das Bein nicht sofort Tritt fasst, ich würde näher treten und meine ganze feuchte Kälte darbieten, Mutter würde sie nehmen und auf die Heizung zum Trocknen legen, die Tasse mit Kakao würde dampfen, Zimtzwieback auf der gesprungenen Untertasse mit der Elfe, die dicken, grün gestreiften Vorhänge vor dem Fenster, durch die Vorhänge würden die Lichter des Hauses gegenüber schimmern wie matte, helle Punkte, die dunklen Riesenmaschinen des Vergnügungsparks als gewaltige dunkle Silhouetten.

Manchmal wollen die Beine sich einfach nicht bewegen. Ich kann nicht fortgehen. Ich kann Mutter nicht in dem zirpenden Neonlicht zurücklassen, in dem elektrifizierten Eisenbett, am Kopfende ein Namensschild, das Geburtsdatum, danach leerer Raum, gut, dass da nicht schon der Strich bereitsteht für das zweite

Datum. Ich kann keinen Schritt tun. Ich erstarre. Ich will nicht dorthin gehen, wo Mutter nicht mehr hinkommt. Ich will, dass Mutter mich bis zum Schluss begleitet, dass Mutter dorthin mitkommen kann, wohin ich nicht will. Ich erinnere mich an meinen ersten Schultag, an mein Entsetzen, mein Schreien, meine Erleichterung, als Mutter in der Tür des Klassenzimmers erscheint. Ich will, dass Mutter meine Sterbebegleiterin ist. Ich habe Angst, allein dorthin zu gehen, wo ich hin muss.

Eines Tages sagt Mutter mit Tränen in den Augen zu mir: Ich hab die ganze Nacht gebetet, dass Gott euch mir nicht wegnimmt. Das ist es. So herum ist es richtig. Wir sind nur eine Spiegelung in Mutters Augen. Wir kommen und gehen, setzen uns, gehen auf und ab, aber all das ist nur scheinbar. Es ist Mutter, die sich da bewegt, nur ist die Bewegung so gewaltig, sind die Stufen so hoch und mächtig, dass wir es nicht begreifen, nicht bemerken.

Mutter winkt. Ich gehe. Mutter, die gefeierte Schönheit der Kleinstadt, aus der eine Frau wurde, die am Küchentisch hockt, und zuletzt eine Windelpatientin in der Abteilung für chronisch Kranke, Mutter ist wahrhaftig eine geschulte Winkerin. Der Arm schwingt, die sommersprossige Haut leuchtet auf, auf den Nägeln schimmert bis zuletzt Perlmuttlack, zart und schön, am liebsten mit einem Ton von Malve.

Mutter winkt, solange ich ihre Gestalt noch als winzig kleinen Punkt am Küchentisch, am Fenster, an der Tür zum Treppenhaus, im Toreingang sehe, solange gibt es die Möglichkeit zurückzukehren, eins zu sein, denselben Augenblick zu atmen, die Gedanken der anderen zu erraten. Dann, wenn Mutter aus dem Gesichtskreis entschwindet, bin ich losgelöst, verwandle ich mich in Begehren und Angst, in die verlorene Tochter, suche Gefahren und mache Halt in den Betten von Passanten. Dort, wohin Mutter mich nicht begleiten kann, dort, wo Mutter keinen Zutritt hat, bin ich am meisten ich selbst, mit meinen Widersprüchen, meinen Bestrebungen, Lügen, mit meinem Verrat, meinen losen Beziehungen, meinen Nächten und unruhigen Reisen, mit meinen auf den Rücken geschriebenen Buchstaben.

59

Hier lang, Mutter. Im Kasino wird getanzt, die Mitternachtssonne scheint, die Felsen sind von der glühenden Sonne noch heiß, an den meilenweiten Sandstränden lagern ineinander verstrickte Leiber, nackt, sich windend, in den Gartenlauben von Monrepos wird so geküsst, dass kein Mund trocken bleibt, Mutter, komm her, Champagner, Schweiß, Meerwasser, ich presse meine Brüste zusammen und lasse sie alle aus der Schale meines Schoßes trinken, Mutter, hierher, die schmalen Träger reißen mit leisem Knall, die hauchdünnen Strümpfe ratschen entzwei, die Locken werden glatt, alle Handtaschen öffnen sich, und der Inhalt kullert ins Moos, in den Sand, ins Farnkraut, im Kasino wird getanzt, Mutter, das Streichorchester fiedelt Melancholy Baby, gleich wird der letzte Walzer gewünscht, wo bleibst du, Mutter, woran hast du Freude, ist dein Bauch flach wie eine Steinplatte auf dem Pfad zur Liebeslaube, zeigst du immer zuerst die kalte Schulter, den Falkenblick, lockst du mit deinem Hochmut, willst du in dieser Nacht den Schlanksten, den Schönsten von allen, wirst du ihn um deine Haut betteln lassen, wirst du ihn in den Wahnsinn treiben, wirst du ihm einen Wink geben, deine glänzenden, kirschroten Lippen öffnen, wirst du dich hingeben, wenn er es am wenigsten erwartet, wirst du seine zitternde Hand direkt in deinen Halsausschnitt schieben, auf die Haut deiner Brüste, liebst du das Schachspiel der Erotik, Mutter, wie machst du das eigentlich, Mutter?

60

Wir hocken zusammengekauert in der Ecke der Kochnische, Mutter und ich. Vater hat uns das Licht ausgemacht, der Schalter ist draußen. Dann stehen wir vornübergebeugt und ziehen mit aller Kraft an der Türklinke, Vater zieht von draußen, auch wenn er schwankt, noch bärenstark. Vater flucht, hustet, zerrt an der Tür, und wir, Mutter und ich, ziehen aus Leibeskräften auf der anderen Seite. Ich habe ein Flanellnachthemd an, meiner Erinnerung nach ein hellgelbes, am Saum ein von Mutter gehäkelter Spitzenrand. Meine Füße stecken in weißen Winterstiefeln, die als Verzierung am Außenrand der Schaftöffnungen kleine Glöckchen haben. Mutter hat sich den Pelzmantel über den Unterrock geworfen, den alten schwarzen Persianer, den sie von einer reichen Russin aus Vyborg gekauft hat, und an den Füßen trägt sie braune Lederstiefeletten mit kurzem Schaft, die innen einen Reißverschluss haben. Die Reißverschlüsse stehen offen. Wir ziehen die Tür mit aller Kraft zu, einen Schlüssel gibt es nicht, man kann die Tür nicht verschließen. Es ist dunkel, die Glöckchen an meinen Stiefeln bimmeln, der Geruch von Schweiß mischt sich mit dem Duft der Mentholzigaretten, und immer, wenn die Tür sich etwas weiter öffnet, wenn Vater stärker zieht, schlägt uns schwerer Alkoholdunst entgegen.

Ich weiß nicht mehr, wie das alles ausging. Vielleicht bekam Vater die Tür auf und schlug Mutter. Vielleicht wurden Mutters Tränenkanäle gerade damals, in jener Nacht, beschädigt. Vielleicht brach das Nasenbein. Vielleicht wurde die Hüfte endgültig zertrümmert. Vielleicht geschah etwas noch Schrecklicheres, an das ich mich nie erinnern werde. Wir waren zu zweit in der Kochnische. Mutter und ich. Wir standen Seite an Seite, manchmal stieß mein Ellenbogen gegen Mutters elastischen Bauch wie gegen einen riesigen Strandball. Meine Schwester heulte im Kleiderschrank des Korridors, eingezwängt zwischen Vaters Koffer und Reserveeinlagen. Ich weiß nicht mehr, wie das alles endete. Ob Vater schließlich wegsackte? Ob wir in den Frost hinausliefen? Egal, ich entsinne mich nur noch, dass ich mich stolz fühlte, weil Mutter und ich gemeinsam bedroht waren, so als hätten wir zu zweit irgendeine Missetat begangen, als wären wir Kumpane gewesen, ungezogene Mädchen, obdachlose Frauen, die von der Amtsgewalt hinter der Tür Schlimmes zu befürchten haben.

Am nächsten Morgen ist Sonntag, glaube ich. Vater erwacht in dem Augenblick, als die Glocken der Kirche von Kallio zum Gottesdienst rufen. Am Küchentisch sitzt zusammengefallen ein stiller und empfindsamer Mann mit nacktem Oberkörper, in gestreiften Pyjamahosen, die Wangen zittern, der kahle Schädel glänzt, die tiefen Granatenkrater des Rückens glühen dunkelrot. Er weint verzweifelt in sich hinein, verlangt nach seiner Mutter, der Frau, die einen Bastard gebar, dann weit fortging und den kleinen Jungen in der Obhut der ewig kränkelnden alten Großeltern zurückließ.

Von Vater ging sein Leben lang Bosheit, Bitterkeit und Rachsucht aus. Vater hat viele Neigungen, von denen in Gegenwart der Kinder nicht gesprochen wird. Vater liebt und hasst seine Mutter, die Verräterin, die verachtete Frau, mit derselben Heftigkeit, mit der er seine Frau, meine Mutter, liebt und hasst, die Frau mit dem gleichen Schicksal.

Es sei noch berichtet, dass ich einige Wochen nach meinem Abitur Vater mit der himmelblauen Reiseschreibmaschine schlage. Es ist Sommer, ich bin gerade von einem Lager für angehende Schriftsteller zurückgekommen, die Schreibmaschine, mein Abiturgeschenk, steht im Korridor am Fußboden neben meinem Koffer und ist gerade in Reichweite, als Vater mit einer Flasche in der Hand in rasender Wut auf mich zukommt. Ich packe den Griff und schleudere die Maschine: und höre, wie Vaters Kopf dröhnt und der Deckel der Maschine birst.

Vater stürzt mit dumpfem Krachen zu Boden und übergibt sich; ich verspüre keine Reue und beschließe, dass mein Vater in seinem Delirium ohnehin gebrochen hätte.

Dann tue ich etwas Überraschendes: Ich versetze Vater einen Fußtritt, zum ersten Mal, einen zweiten, dann trete ich ihn solange, bis meine beiden Fußknöchel so empfindungslos sind, dass ich aufhören muss. Ich rufe die Polizei und bitte darum, eine Person aus der Brahestraße 12 abzuholen, aus der vierten Etage. Ich sage, dass dieser Jemand sich in betrunkenem Zustand wieder einmal übel verletzt hat.

Am nächsten Tag ziehe ich von zu Hause aus. Mit der himmelblauen Reiseschreibmaschine Marke Triumph unter dem Arm beginne ich die nächste Phase im Ringen um meine Selbstständigkeit; Mutter weint, meine Schwester ist über all das höchst verwundert.

61

Sie und der Mann rollen, eng aneinander geklammert, den Abhang hinunter. Sie sind erschöpft von der Begierde und ineinander verkrallt, zwei wildfremde Menschen, eng umschlungen, die den steilen Berg hinabrollen. Die Äste richten sie übel zu, die Steine stoßen sie. Das Wasser ist schwarz und schlägt träge und beutegierig gegen den alten Uferwall. Irgendwo in der Höhe, an die Wipfel der Kastanie geklammert, zirpen die Sterne, einer davon schon müde von der Anstrengung loszukommen und tot, erloschen zu einem Teil des matten Schwarz, look, there's a full moon, die Absätze klappern auf dem Kopfsteinpflaster wie eine verrückt gewordene Maschinenschreiberin, die Boots mit den hohen Schäften begleiten sie mit langsamem Klopfen, gleich verwandeln sich die Schritte in langsames Laufen, das Eisentor des Toreingangs fällt krachend ins Schloss, Münzen kullern zu Boden, die kalten Sterne, die sich losgerissen haben, ein Amerikaner schreit um Hilfe und schweigt. In dieser Nacht will niemand in Vyborg jemanden hören. In dieser Nacht will niemand in Vyborg irgendjemandes Sprache sprechen, es ist September, und es herrschen dreißig Grad Hitze. Vyborg ist in dieser Nacht international, Vyborg ist in dieser Nacht finnisch, in Vyborg findet man niemanden, in Vyborg will niemand gefunden werden, Vyborg ist nix, Lenins Gehirn ist nix, die Lagerfeuer brennen auf den Abrissgrundstücken, der runde Turm ist ein aus dem Boden ausgegrabener, riesiger Brunnen, der Menschenblut saugt, der Drogenhändler verdient an der Straßenecke in einer Minute einen Jahreslohn. Geldwechsler und Zuhälter sind eineiige Zwillinge, die sich dem Gerücht nach morgens vor demselben

Spiegel anziehen, immer denselben dunkelweinroten Anzug mit Weste.

Ein totes Baby wird auf den Stufen der Markthalle gefunden. An der Wand der Kirche steht mit blutroter Farbe geschrieben VIVA AIDS. Vyborg ist tot, es lebe Vyborg.

Sie beißt den Mann ins Ohr, sie wählt das Ohr dieses Mannes, dieses anderen, dieses Mannes, der ihr erst vorhin entgegengekommen und ein wenig zu alt ist, des mageren, vertrockneten Mannes, dessen zur Faust geballte Hand voller Leberflecke ist und dessen Haut an den Handknöcheln herabhängt wie ein mehrere Nummern zu großer Handschuh. Vielleicht ist dies der letzte Mann von Vyborg, dieser um den Verlust seiner Potenz trauernde, schwarz gekleidete Gefährte ihres Fallens, vielleicht auch nicht, aber dieser Mann möchte sein linkes Ohr nicht verlieren und schreit nach seiner Mutter, seine heisere Stimme versagt entsprechend den Unebenheiten des Abhangs, der Mann schreit nach seiner Mutter so wie alle Verwundeten und Ertrinkenden zu allen Zeiten geschrien haben, das Echo kommt aus den Höhlen, so wie der allerschönste Ruf immer, tiefe Gewölbe voller Stimmenspiegel. Etwas Dickes und Helles hat die Frau durchbohrt, sie liegt da, gefangen davon, schiebt ihre Wurzeln in die Nacht, gen Himmel, so umgestülpt wie nur möglich, sie verkrallt sich in die schwarze, warme Decke, zappelt unter deren Gewicht, beißt hinein, schließlich strampelt sie sie ab, steht mitten auf dem Markt und schreit, an der haarfeinen Grenze zwischen Jubel und Entsetzen, sie hat gerade die Hand geöffnet: Der riesige Luftballon mit der Aufschrift MAKE LOVE NOT WAR, den sie vorhin von den Studenten der Technischen Universität gekauft hat, steigt unaufhaltsam in den Himmel, steigt, einen Augenblick lang bringt niemand ein Wort heraus, die Kinder recken die Hälse, mitleidige Blicke, missbilligendes Kopfschütteln, sie wissen nicht, sie verstehen nicht, sie bekommt zu Hause eine Tracht Prügel, der teure Luftballon, der schöne Luftballon, sie schreit, an der haarfeinen Grenze von Jubel und Entsetzen, der Kleiderbügel trifft sie an den Schulterblättern und tut ihr weh. Sie schreit, und irgendwo schreit jemand zurück, eine kleine Stimme wie in einem kleinen Kästchen, das überhaupt keinen Boden hat, das dunkelrote Samtgewölbe setzt sich immer weiter und weiter tief nach unten fort, bei jedem Schlag steigert sich ihr Siegesjubel, sie bereut überhaupt nicht, schämt sich keineswegs, und diese Erinnerung bleibt, brennende Wangen, ein Schwindel erregendes, rotes Echo, Freude und Schande, freiwilliges Sich-Lösen, dieses Gefühl wird sie bis an ihr Lebensende bewusst nähren, Fallschirmsprünge, Bergsteigen, nächtliche Spaziergänge in abgelegenen Straßen fremder Großstädte, sich zu Unbekannten gesellen, heftige körperliche Liebe, beiläufig und oberflächlich erzählte Schlüsselgeschichten.

62

Ins Zimmer Nummer sechs kommt jeden Tag eine Frau, deren Mutter an dem Tag einen Schlaganfall erlitt, als Präsident Kekkonen sich aus seinem Amt zurückzog. So erzählt es die Frau. Und lächelt. Und jede neue Sterbebegleiterin hört sich das an, schüttelt den Kopf, seufzt, kramt etwas vom Grund ihrer Handtasche hervor, aus den Erinnerungen steigt das Bild von der Unterschrift auf dem Rücktrittsschreiben, die krakelige, zum Zeilenende hin aufwärts strebende Handschrift eines großen Staatsmannes. Der Abschlussschnörkel. Die Witze über die unerschöpfliche Potenz des Präsidenten, eines alten Schürzenjägers. Heiterkeit und herbes Mitleid. Von nun an nennen wir die Oma Kekkonens Frau.

Kekkonens Frau liegt seit einem Jahrzehnt in derselben Abteilung für chronisch Kranke, immer in irgendeinem Zweibettzimmer, mit offenen Augen, leicht geöffnetem Mund, der Körper in sich zusammengesunken. Die Nahrung wird durch einen schmalen

Schlauch direkt in den Magen geleitet, und durch einen ebensolchen dünnen, durchsichtigen Schlauch wird aus der Nase der überflüssige Schleim abgesaugt. Durch einen Schlauch läuft der Urin ab, die Windeln werden alle zwei Stunden gewechselt.

Die Tochter, eine unermüdliche Sterbebegleiterin, bekommt niemals Antwort auf ihre Fragen. Sie bekommt als Antwort keine Berührung, kein Dankeschön, kein Winken an der Tür, wenn sie sich umdreht. Die Mutter verfügt über keinerlei Mittel, um zu zeigen, dass sie die Besucherin kennt, und so füllt die Tochter den leeren Raum mit ununterbrochenem Reden. Sie beginnt damit, noch während sie die Fahrstuhltür öffnet, und hört auf, wenn sie sie hinter sich schließt. Auch die gelähmte Mutter und die redselige Tochter haben ihre Rituale, so wie wir alle. Die Tochter bringt ihrer Mutter morgens immer eine große Tüte Toffeelutscher mit, die sie im Mund der Mutter hin und her schiebt. Die schlaffen Lippen der Mutter schwingen von einer Seite zur anderen, einen Augenblick lang sieht es so aus, als schmatzte die Mutter oder versuchte sogar, etwas zu sagen, und die Tochter redet, erzählt von den Vorkommnissen auf ihrer Arbeitsstelle, wo ihre Strumpfhosen zerrissen sind, wer in der Mittagspause die Käsebrötchen besorgt hat, was abends im Fernsehen kommt. Manchmal holt die Tochter aus der Nachttischschublade der Mutter das

Manikürezeug und pflegt ihrer Mutter die Nägel, feilt, schiebt die Nagelhaut sorgfältig mit einem Stäbchen aus Orangenbaumholz zurück, lackiert die Nägel mit farblosem Lack, bläst zuletzt auf die leblos herabbaumelnde Hand ihrer Mutter, schwenkt sie vor ihrem Gesicht wie einen Fächer. In der Nachttischschublade ist auch ein Wimpernformer, mit dem die Tochter in die unbeweglichen Augen der Mutter Sternenglanz zaubert. Manchmal ist die Tochter sich sicher, dass sie, während sie die Wimpern ihrer Mutter biegt, irgendwo in diesen Augen einen kleinen Schimmer sieht. Dann ruft sie in ihrer Begeisterung die anderen herbei, damit sie ihn ebenfalls sehen, holt alle Sterbebegleiterinnen aus den Nachbarzimmern, und so schauen alle nacheinander zwischen die Filmstarwimpern: Vielleicht blitzt da in dem starrgrauen Blick tatsächlich die kleine Andeutung von Gedanken, die sich in der Tiefe verbergen. Vielleicht sehen wir wirklich gleichsam eine kleine Blase an der Oberfläche der Iris platzen, einen Tropfen auf der dunklen Wasserhaut eines Waldweihers.

Manchmal bringt die Tochter abends Handaufleger, Geistheiler, Bibelleser, Klageweiber, Geisterbeschwörer, Esten, die Horoskope erstellen, und vietnamesische Reflexzonentherapeuten mit, die sich sogleich ein Bild von der seit zehn Jahren unbeweglich daliegenden alten Frau zu machen versuchen.

Manchmal dringen aus Zimmer sechs so originelle Geräusche, dass die Schwestern sich erst in einem stillen Kreis vor der Tür versammeln, bevor sie einschreiten.

Dann und wann fahre ich mit der Tochter zufällig in derselben Straßenbahn und betrachte sie, während ich auf der hinteren Plattform stehe. Sie sitzt im vorderen Teil des Wagens wie jede x-beliebige Frau mittleren Alters, die von der Arbeit nach Hause fährt, die dunkelblaue flache Handtasche an den Bauch gedrückt, die Plastiktüte auf den Fußknöcheln, den Blick aus dem Fenster gerichtet. Immer steht sie rechtzeitig vor ihrer Haltestelle auf, hält sich ordentlich an der Haltestange fest, steigt vorsichtig aus, wendet sich in die Richtung, aus der die Bahn gekommen ist, drückt sich das Halstuch vor das Gesicht.

63

Ich sitze neben dem Bett meiner Mutter auf einem hohen Kunststoffschemel, lasse die Beine baumeln, trällere wie an jeder x-beliebigen Theke, durch das offene Fenster kommt ein hitzeweicher Nachmittagswind hereingeweht. Wenn ich könnte, würde ich noch mehr davon bestellen: Auf Mutters Gesicht liegt ein so ruhiger Ausdruck wie selten, die Strenge des Mundes ist zu einem nahezu freundlichen Lächeln abgemildert. Mutter schläft schon, die verletzten Beine zucken unter der Decke, sie spaziert mit ihren neuen Hochhackigen die Straßen der Kleinstadt entlang, ihr knappes Fähnchen mit den Mohnapplikationen flattert, die Linden duften, die Rosskastanien lassen ihre Federschatten auf die Straßen herabschweben, in der winzigen weißen Handtasche sind ein Parfumflakon in Gestalt des Eiffelturms en miniature, ein kirschroter Lippenstift und ein frisch gebügeltes Baumwolltaschentuch mit Mutters Monogramm in dekorativer weißer Seidenstickerei.

Ich verbringe den Nachmittag auf dem schweißigen weinroten Plastikhocker, betrachte die Schläferin, die von ihrer Jugend träumt, die Haut mit den blassen Sommersprossen, den schlaffen Körper, den eingesunkenen Schoß, in dem ich immer gleich abwesend bin. Langsam wiege ich mich, der ständige Geruch dicker Körperabsonderungen, das Aufschimmern fahler, faltiger Haut in den Tiefen der Betten, schweißnasse Bettwäsche, tiefe Seufzer, selige jenseitige offen stehende Münder, abgehackte, kurzatmige Äußerungen. Ich könnte mich jederzeit zum Höhepunkt bringen, die Gegenwart des Todes versetzt mich ein ums andere Mal in heftige Erregung. Ich habe das noch gegenüber keiner einzigen der anderen Sterbebegleiterinnen bekannt: Die Abteilung für chronische Kranke tötet mich mit ihrer Lüsternheit, ihrer überirdischen Sinnlichkeit.

Die Abteilung für chronische Kranke ist unverfroren, geil, auch sadistisch. Die Abteilung für chronisch Kranke ist abstoßend schön, stark, niederwalzend, ein Sieger, und die Abteilung für chronisch Kranke weiß das auch selbst: Von ihr geht eine grandiose erotische Vibration aus, die brennt, die einen versengt, die schmerzt. Ich wiege mich von einer Seite des Stuhls zur anderen, ich schwelle an, werde feucht, stelle mir die üppig-weiche Haut im Kreuz unruhiger junger Männer vor, die sprießenden Brusthaare, die schmalen Schenkel mit den schlanken Muskeln, das geäderte Glied, meine Gedanken erregen mich, und beim Höhepunkt verspüre ich den Wunsch zu schluchzen, lauthals und ansteckend zu heulen wie nur je ein Klageweib, eine Psalmensängerin, eine Magierin, ein Mensch in Ekstase. Plötzlich verstehe ich das tiefinnerste Wesen der Verzückung von Sterbebegleiterinnen in alter Zeit, die starke sexuelle Ladung, die immer untrennbar mit Trauer und Verlust, mit dem Nahen des Todes, der Hoffnung auf Wiedergeburt verbunden ist.

64

Alte Eltern verursachen bis zum Schluss eine Asynchronie. Zu den steilsten Ausschlägen meiner Lebenskurve gelange ich immer zu anderer Zeit als meine Altersgenossen. Ich bin unter den Sterbebegleiterinnen die jüngste, wohl deshalb fühle ich mich unter ihnen so wohl. Ich bin es gewöhnt, das Nesthäkchen zu sein, die Dinge ein wenig aus der Distanz zu betrachten, auf die Erfahrenere zu hören, zu fragen, Ratschläge und Warnungen anzunehmen.

In den Jahren meiner Zeit als Sterbebegleiterin lerne ich zwei Generationen von Grund auf kennen, diejenigen, die zu der Zeit geboren wurden, als Finnland noch russisches Großfürstentum war, die Großmütter, die Not und Kälte und Kriege und alles nur mögliche Schreckliche erlebt haben, und die am Vorabend und während des Krieges oder unmittelbar danach geborenen Damen der starken Jahrgänge, jene immer gleich hungrigen Frauen.

Manchmal bleibe ich abends noch in der Abteilung, lehne mich gegen den Türrahmen und betrachte meine Schicksalsgenossinnen, meine großen Schwestern. Sie sind gewissenhaft und voller Angst, sie erfüllen ihre Pflichten in der Familie, im Arbeitsleben, in der Abteilung für chronisch Kranke und abends wohl auch im Bett ihres Mannes, wirken aber so, als wäre ihnen noch kein ordentlicher Fick zuteil geworden, als hätten sie das Leben als ein geschenktes Abenteuer noch nicht erfahren, als ein Geschenk, als etwas, das man selbst verwirklichen, nutzen, sich einverleiben muss. Starrer Moralismus lässt bei vielen Sterbebegleiterinnen die menschlichen Beziehungen und die Fähigkeit zur Zusammenarbeit verkümmern; eine in der Abteilung veranstaltete Gesprächsrunde über die Selbstbefriedigung der Alten bringt manche von ihnen in Wut und an den Rand eines hysterischen Anfalls. Menopausen, Hormone, vielleicht Gebärmutterentfernungen, jedenfalls erscheinen die knorrigen alten Frauen, die in den Krankenhausbetten ihre letzten Tage verbringen, viel radikaler als die Generation derjenigen Frauen, die ihre Büstenhalter verbrannten und Verhütungspillen schluckten.

Unbegreiflich viele von ihnen haben ihr gesamtes Erwachsenenleben als allein Erziehende verbracht, sehr viele von ihnen sind reife Töchter, die mit der Mutter zusammenlebten, zu viele von ihnen sinnen auf eine dritte Ehescheidung und kämpfen mit verschiedenen Rauschmittelproblemen und Essstörungen. Im Krankenhaus versuchen sie noch einmal, kleine, wohlerzogene Mädchen zu sein, anständige Mädchen, deren Ruf sich nicht durch Flüstern verbreitet. Im Krankenhaus bekommen sie noch einmal eine Chance zu zeigen, wie man einen ordentlichen runden Topflappen häkelt, wie man auch den Raum unter den Fingernägeln sauber bürstet, wie man manierlich, die Knie eng aneinander, sitzt. Und gleichzeitig spüren die Mütter, die ihre letzten Atemzüge tun, dass sie die letzte Gelegenheit bekommen haben auszuprobieren, wie all die ordinären Flüche, die sie in ihrem Leben nicht einmal zu flüstern wagten, aus dem eigenen Mund hingerotzt klingen, sich ohne Wissen des Pflegepersonals spätabends die Erotikprogramme anzusehen und allerlei verwirrende Muster auf das Lätzchen zu zeichnen.

65

Die Märchen ihrer Mutter endeten zuletzt immer irgendwie am Meeresgrund. Dorthin gerieten auf die eine oder andere Weise alle seltsamen Passanten, Helden und Schurken, Schönheiten und Monster, Wichtel und Elfen. Auf den letzten Metern der Abendmärchen wurde abgerechnet, fanden die Turniere statt, wurden die Liebesknoten entwirrt und halbe Reiche verschenkt – am Grunde des Meeres, wo Mutter, wenn sie dort angelangt war, sich immer irgendwie beruhigte, die Hitze des Erzählens ließ nach, auch ihre Stimme wurde irgendwie weicher und klangvoller. Auch die Lieblingswendungen ihrer Mutter hingen mit dem Meer, mit der Welt unter Wasser zusammen. Die Bedeutung akademischer Studien pflegte Mutter zu unterstreichen, indem sie ihr sagte, es sei das Beste, die besten Prüfungen abzulegen, damit es einem nicht so ergehe wie der Auster, die das Wasser für Luft hielt. Wie ist es der Auster denn ergangen? Der Vergleich war so abwegig, in seiner Seltsamkeit so unwiderlegbar, dass sie nie darauf kam, diese Frage zu stellen.

Konnte ihre Mutter schwimmen? In ihrem Gedächtnis findet sich kein Bild von der Mutter im Wasser. In irgendeinem Album aus der Zeit der Umsiedlung gibt es ein fingerabdruckgroßes Foto von Mutter im Badeanzug. Das ist ein Strandanzug, wie man sie in der alten Welt hatte, er verdeckt mehr als dass er enthüllt. Mutter sieht nicht so aus, als wäre sie gerade dem Meer entstiegen, die Haare sind trocken, auf dem Kopf steil über eine Einlage hochgekämmt, auf dem Gesicht kann man Make-up erkennen.

Jahrzehnte später sitzt sie im Freibad neben der Mutter auf dem Rasen, auch die Schwester ist dabei, sie sitzt auf der anderen Seite der Mutter auf einer großen, ein wenig zu rauen Decke. Mutter trägt unter dem abgewetzten Bademantel aus Waffelstoff einen bräunlichen, im schlimmsten Fall einen gestreiften Anzug, den sie notgedrungen aus irgendeinem verschlossenen Schrank hervorgeholt und rasch angezogen hat. Der Anzug hat Träger und in Höhe der Brüste unter dem verschossenen Stoff eingenähte spitze Körbchen, vielleicht könnte man ihn als Badeanzug bezeichnen. Er ist Mutter viel zu klein. Der große Bauch dehnt das Kleidungsstück so aus, dass Mutters Weichen bloßliegen, und die schütteren rötlichen Schamhaare quellen unter dem Rand mit dem ausgeleierten Gummiband hervor. Auch die Brüste passen nicht in die für sie vorgesehen Körbchen, sondern rutschen als wabbelnde Klumpen mit Gänsehaut nach unten und zur Seite. Sie lässt die Mutter schwören, dass sie keinen Schritt tut ohne ihren Bademantel. Mutter lächelt und schwört es. Die Schwester ist ein Kapitel für sich, sie hat über ihre kleine, gebeugte Gestalt einen dicken, dunkelblauen Gymnastikanzug mit Ärmelstummeln und ebensolchen Hosenbeinen gezogen. Die Schwester hat keinen eigenen Bademantel mit, sie besitzt keinen. Die Schwester kann sie also nicht schwören lassen. Außerdem schwimmt die Schwester gern, das Schwimmen ist die einzige Sportart, die sie treiben, an der sie Freude haben kann. Also gut. Sie geht zuerst ins Wasser, einverstanden? Die Schwester kommt zehn Meter hinterher, einverstanden? Und die Mutter behält ihren Bademantel an, am besten, sie sitzt unter einem Baum und schaut zu. Einverstanden?

Sie selbst hat leidenschaftliches Verlangen nach dem Wasser. Sie wird eine Schwimmerin. Sie kann gar nicht genug bekommen vom Schwimmen. Im Grunde ist das Wasser ihr erster Liebhaber. Wenn das Wasser sie trägt, spürt sie gleichsam hunderte von Händen ihre Hüften, ihre Brüste, ihren Hals streicheln. Sie schwimmt und schwimmt. Morgens vor der Schule geht sie in die Schwimmhalle, abends eilt sie nach den Schularbeiten dorthin, später im Leben schwimmt sie Zeiten, die den anderen den Atem verschlagen, sie tanzt im Wasser, sie spielt Ball im Wasser, sie treibt es am liebsten am From-here-to-Eternity-Spülsaum des Meeres, ihre Kinder lernen viel früher tauchen als gehen, und es gibt keinen Anleger, keinen Felsen, keine Landzunge, von der sie nicht am liebsten hinabspringen und tief ins Wasser hinabtauchen würde, spüren, wie sie versinkt und gleichzeitig aufsteigt, und wenn sie nicht gestorben sind, dann leben sie alle glücklich bis an ihr Lebensende.

66

Der alte Mann lachte verwirrt, hob dann und wann seinen schlangenledernen Aktenkoffer schützend vor das Gesicht. Der Mann war noch nie in seinem Leben so übel gestolpert, die schwarzen Lacklederschuhe versanken im Schlamm und Morast, die aus den Betonbrocken starrenden Eisen rissen Löcher in seine Kleider, die steif waren vom Schlamm. Die trockenen Äste schwirrten uns ins Gesicht. Wohin gehen wir eigentlich, heulte er und fuchtelte mit seinem Aktenkoffer, versuchte zu lachen, was zum Teufel ist das, dies wirkt nicht wie eine Abkürzung, fragte er mit flirtendem Zorn in der Stimme, ab und zu streicht er sich über die pockennarbigen Wangen, über das bartstoppelige Kinn. So pflegte er es auch früher immer zu tun, hinter seinem großen Eichentisch, wenn er mit seinen Geschäftspartnern beriet. Von Zeit zu Zeit fuhr er sich über die grauen Bartstoppeln, versuchte seine Atemlosigkeit, das Abhandenkommen seines Humors, seine Angst, seine überraschende Leichtigkeit zu verbergen.

Gerade in diesem Moment erblickte die Frau vor sich das weite Meer, erkannte es, spürte den Wind, unterschied die zerklüfteten Häuserruinen, die Überreste des großen Gartens, den schmalen, gewundenen Pfad zum Strand hinunter, die großen Torpfeiler, die sich zur Seite geneigt hatten, und darauf die rund gehauenen Steinkugeln, die schmiedeeisernen, halb in die Erde gesunkenen und von einem wirren Dickicht bittersüßen Nachtschattens überwucherten Tore, und im Hintergrund das Meer, das seine rauschende Dunkelheit schützende Meer, eine schwarze Fläche, die sich nach beiden Richtungen ergießt. Und gerade hier ist Mutters, der frisch Vermählten, Fenster einen Spaltbreit geöffnet, ins Licht, zur Sonne, in die Zukunft, süßweiße Düfte, die abrupten Kehrtwenden der Möwen, die mit Gebeten gewürzten Hoffnungen auf Lebensglück, auf eine neue Chance, so wie die in den Schaumköpfen des Meeres gischtende Ebene, die zuletzt immer mit dem freigebig roten, glühenden Horizont verschmilzt.

67

Sie drückt den Kopf des Mannes unter Wasser, mit beiden Händen, sein Kopf ist noch warm, wie dunkler, gewölbter Roggenteig im Griff ihrer Hände, der Mann strampelt schwächlich, er sucht mit den Händen nach einem Halt, die Hände greifen nach ihr. In dem trüben Wasser schwebt der schwarz gekleidete Mann mit dem hellen Bauch nach unten, der Mantel flattert umhangartig wie ein Teufelsrochen, bisweilen gleitet er auf die Seite und wieder mit dem Bauch nach unten wie das ovale Blatt einer großen Pflanze. Sie hält den Mann fest, eng an sich gedrückt, sie lässt ihn nicht los, sie drückt seinen Kopf mit beiden Händen, fühlt gleichgültig die Narben an seinen Wangen und am Nacken, spürt die Kraft in ihren Handgelenken wachsen, so als wäre der Griff noch einer anderen Person mit dabei, die großen warmen, ein wenig rauen Finger um ihre schmalen Handgelenke, die in dieselbe Richtung drücken.

Dieser Mann ist EGAL, dieser Mann ist ebenso richtig wie jeder andere, dieser hat ein narbiges Gesicht, ausdauernde Hände, eine Brust, Schenkel, ein gebogenes, schmeichelgeiles Organ so wie alle anderen vom Anfang des Jahrhunderts bis zu seinem Ende, und so schläft auch dieser mit den Frauen, ohne zu fragen, auch dieser hat in der Brieftasche eine Braut als ein Gesicht von der Größe des Nagels am kleinen Finger, eine Ehefrau, irgendwo vielleicht ein Kind, auch ein zweites, Enkel, Frauen, die ihn in Ost und West gesucht haben, junge Frauen, reife Frauen, die alles verloren haben, nachdem sie ihm begegnet sind.

Dieser Mann zerschlägt Rippen um Rippen, Korsetts mit Fischbeinstäbchen zersplittern, das Haar blau-schwarzer Pagenköpfe flattert, die Schlitze von Miniröcken reißen auf, Bakelit, Zellstoff, Blech, Eisenwein, eine Kameebrosche, und dieser Mann lacht, ächzt, raucht nervös eine Pfeife oder eine Zigarette nach der anderen, erzählt gezinkte Geschichten von der Heldenhaftigkeit des männlichen Geschlechts, schnaubende Stahlrösser mit dampfendem Unterleib, Ozeandampfer mit den Namen deutscher Kaiser, Teflon, Terylen, Pomade, Laser, dieser Mann rudert im

Schweiß von Jahrzehnten, in einer Augustnacht stolpert dieser Mann und beginnt zu hinken, dieser Mann strauchelt noch einmal, dieser Mann ist es nicht gewöhnt, über Brachen zu gehen, einer Frau zuzuhören, schon gar nicht, einer Frau zu folgen, inmitten von Trossenenden und Betonbruch zu schweigen, je weiter sie gehen, desto mehr schwitzt er, den Schweiß von Jahrzehnten, in dieser Nacht in Vyborg riechen alle diesen Schweiß. In dieser Nacht in Vyborg schlafen alle mit den Beinen in dieselbe Richtung. Die Lagerfeuer gehen aus, die Menschen sind eingenickt, gegen Ruinenbrocken gelehnt, alte Zeitungen als Kopfkissen. Streunende Hunde benagen Rattenschwänze. Die Lumpensammleromas haben sich in den Toreingängen unter ihren alten Zeitungen zusammengerollt. Die vom Abendbrot bei den Männern zurückkehrenden Frauen weinen über ihre ruinierten Gesichter, ihre zerstörten Schenkel, die Wiegen der Kinder haben keine Polsterung, die Schuluniformen der Jungen haben keine Spielkokarden mehr, die Väter sind nicht nach Hause gekommen, die und die Männer sind nicht zurückgekehrt, gebt uns ein System, an dem man genesen kann, gebt uns eine wirkliche Nachricht, eine Morgenzeitung, in der es heißt, dass zur Verzweiflung kein Anlass mehr besteht.

68

In manchen Herbstnächten schwimmt die Bläue tief unten, unerreichbarer noch als der Himmel. Sie liegt hinter allen Schichten der Unendlichkeit, sie bedeckt den Grund des Weltalls, blauer Weltraumschlamm, kühler, herber, reinigender Schlamm. Eines Nachts, wir wohnen noch in der Fünften Linie, bemerkt Mutter, dass auch ich wach bin, sie winkt mir vom Fenster der Kochnische her zu, und ich gehe zu ihr. Das Fenster steht einen Spaltbreit offen, der Zigarettenrauch, den Mutter ausbläst, steigt irgendwohin nach oben, verbindet sich mit dem klaren Blau. Ich setze mich auf Mutters Knie, suche eine bequeme Stellung und lehne mich entspannt gegen ihren großen Bauch. Mutters eine Hand streichelt meine Stirn, den Haaransatz, wo genauso ein rötlicher Wirbel ist wie bei Mutter. Das Licht über dem Meer gischtet wie ein durchsichtiger, kristallener Wasserfall, es umgibt das pechschwarze Kokshaufendreieck mit einer hellen Aura und breitet sich über den kleinen Fischkuttern und den Stegen zum Teppichwaschen aus, heiligt auch sie mit seiner durchdringenden Glut.

Ich stecke meinen Arm durch den Fensterspalt nach draußen: Die Luft ist schultintenblau. Ich nehme sie in die Hand, befühle sie, reibe sie in meine Handfläche.

Der Himmel pulsiert, funkelt hell. Der Septemberhimmel dröhnt. Dann wird es ganz still. Unerschütterlich still. Mutter legt den Finger an die Lippen. Wir horchen gemeinsam auf die Stimme der Nacht, die Löwen brüllen, die Paviane antworten, eine Antilope schreit schrill, jedes Tier in seinem Käfig, jedes nach dem Muster seiner mystischen Existenz.

Mit angehaltenem Atem lauschen wir dem künstlichen Dschungel, Mutter und ich, wir sitzen an dem schmalen Fenster ohne unsere übliche Nachtangst, ohne den fieberhaften Gedankengang: Kommt der Vater, und in welcher Verfassung, ach, wenn er doch niemals wiederkäme. Wir sitzen und lauschen dem Disput zwischen Raubtier und Opfer, den unruhigen, hoffnungslosen Tieren des Zoos. Mutter beginnt leise zu weinen, lässt die Tränen über die Wangen auf meine Haare laufen, auf meine Stirn, meine Wangen. Instinktiv lecke ich mir die Mundwinkel ab, ganz so, als hätte ich selbst geweint, vielleicht habe ich auch geweint. Ist dies Mutters Kummer oder mein eigener? Ich presse Mutters Arm, wir klammern uns immer enger aneinander, wir betrachten unsere Gesichter im blauen Fensterglas der Kochnische, wir blicken gleichsam in einen rauschenden, plätschernden Raum, dort in der Tiefe, in dem lasurblauen Wasser schwanken sie, zwei einander rührend ähnliche Menschen, der eine zu jung, der andere zu alt.

69

Mutters Haut bekommt Purpurflecken. Niemand weiß, warum. Mutters Haut juckt, brennt, wird mit Salbe behandelt, die Medikamente werden gewechselt oder zumindest deren Namen, Flüssigkeit wird entfernt, das Herz belebt, der Schlaf herbeigelockt, nichts hilft. Mutter liegt wach, döst, das Kinn Tag und Nacht auf eine Nierenschale aus grauer Pappe geklappt, und wenn sie wach wird, beginnt sie sich verschlafen Brust, Arme, Kopfhaut, Bauch, einfach alles zu kratzen, was ihre matten Arme noch erreichen, jetzt wo sie sich nicht mehr alleine aufrichten kann.

Immer häufiger geschieht es, dass Mutter während meines Besuchs die Augen zufallen, dass sie sie nicht mehr offen halten kann oder will, auch das ist möglich, denn ich bin wieder schwanger, watschele richtig energisch zwischen Bett und Waschbecken hin und her, und wenn ich jetzt darüber nachdenke, erinnere ich Mutter damit natürlich wieder einmal schmerzhaft an all die einsamsten, schmachvollsten Augenblicke ihrer Jugend, die letzten Monate ihrer unehelichen Schwangerschaft, die letzten Frühlingswochen. Mutter kommentiert meinen Zustand kaum, ebenso wenig wie sie die Geburt meiner ersten Tochter kommentiert hat. Jetzt erst verstehe ich, was Mutter empfunden haben muss, wenn sie mich ansah, ohne erzählen zu können, unfähig, über das zu sprechen, was das Wesentliche, das Liebste war.

Nach der Geburt dann freue ich mich vor Mutter: Jetzt habe auch ich zwei Töchter! Mutter ist lange Zeit still.

An dieser Stelle hätte sie die Gelegenheit gehabt. Hat Mutter überhaupt vorgehabt, jemals die Wahrheit zu erzählen? Machte sie mehrmals einen Anlauf, und der Mut verließ sie wieder? Und die Märchen, in denen immer drei Prinzessinnen vorkamen, drei Schwestern in einem großen, dunklen Wald, drei Kaninchen, drei Häschen, drei.

70

Eines Morgens ist Mutter in Zimmer drei verlegt. Ans Ende des Ganges, in ein Zweibettzimmer, neben eine schwedischsprachige alte Frau, die die meiste Zeit mit offenem Munde schnarcht. Mutter hat eine Sauerstoffmaske auf dem Gesicht, die bis an die Augen reicht. Mit einem leicht trotzigen Blick unter dunklen Brauen hervor, blickt sie mir entgegen. Neben dem Bett zischt eine Sauerstoffflasche. Am Arm hat sie ein Gerät zum Blutdruckmessen, das in regelmäßigen

Abständen piept, es presst Mutters fleckigen Arm zusammen, seufzt dann tief, beginnt von vorn.

Die freie Hand hebt sich langsam zum Gruß, der Atem rasselt, sie schnappt nach Luft, schnauft. Ich lege nicht einmal ab, setze mich an den Bettrand, verweile dort. Mutter starrt mich durch den matten Kunststoff der Sauerstoffmaske an, eine zunehmende, düstere Erschöpfung zeigt sich in ihren Augen. In ihrem Gesichtsausdruck liegt etwas seltsam Vertrautes, ich kann es nur noch nicht so recht deuten. Ich weiß, dass Mutter kein Mitleid will, keine Götter und keine Jesusse, kein endgültiges Gewähren und Entgegennehmen von Verzeihung, kein Tätscheln, keine Abschiedsnummer. Mutter hebt extrem langsam den Arm, an dem das dicke schwarze Klettband pulsiert, sieht einen Augenblick lang so aus, als wollte sie etwas sagen, eine rasselnde, dunkle Erschöpfung, wie nach äußerstem Genuss, der Jugendblick, in Mutters Augen.

Vielleicht war dies die letzte Gelegenheit. Vielleicht wollte Mutter da noch etwas über den jungen Mann aus der Kleinstadt mit dem festen Händedruck und den samtenen Pobacken sagen, dessen genießerische Sinnlichkeit und schamlose Leidenschaft Mutter jahrzehntelang als Erinnerung in ihrer tiefsten Einsamkeit bewahrt hatte, tief im Innersten jener geheimnisvollen, sich versteckenden und schamhaften Frau, die ich meine Mutter nannte.

Während Mutters letzter Wochen lerne ich die alte schwedische Frau im Nachbarbett kennen. Die über Neunzigjährige bekommt nur von einem einzigen Gast Besuch, dem einzigen männlichen Sterbebegleiter in der Abteilung, ein selbst schon betagter Schwestersohn, der ihr in der Abendstunde, wenn die Frau Tee getrunken hat, auf der Mundharmonika schwedische Volkslieder vorspielt, von denen auch ich einige aus dem Schulliederbuch kenne, in blaugelben Streifenschürzen um den Maibaum tanzende, strohlockige Schwedengören. Der alte Mann spielte mit geschlossenen Augen, und jedes Mal begann die Greisin allmählich die Finger auszustrecken, erwachte ein wenig zum Leben, leckte sich die aufgesprungenen Lippen, und mitunter bekam sie sogar Lust, etwas zu erzählen. Einen imaginären gedeckten Tisch zu kommentieren, gefaltete Servietten, sich an ihr Leben zu erinnern, an die Jahrzehnte in Dalarna.

Einmal sagte sie etwas, was mich ergriff. Sie stellte fest, dass die letzten fünfzig Jahre ihres Lebens die besten, fröhlichsten, friedlichsten gewesen seien, ja warum, na, weil die erste, kinderlose Ehe mit Scheidung endete und der zweite Mann in jeder Hinsicht ideal war, die Kinder waren alle sechs gesund und auch deren Kinder sehr erfolgreiche, anständige Menschen, und es war so schön, ihrer aller Leben zu verfolgen, die Urururenkel und so weiter.

Die Frau erwähnte mit keinem Wort die Weltkriege, kein Konflikt in der Welt hatte sie jemals irgendwie berührt, der Krieg war nur ein Wort, eine Nachrichtenschwemme in den Zeitungen gewesen, so wie auch alle anderen großen Ereignisse der letzten Jahrzehnte. Kein Flüchtlingsdasein, kein Chaos, keine Jahre der Trauer und des Verlustes, keine Nächte der Angst, kein Luftalarm, keine Schreckensvisionen, keine Kriegssommer, Kriegssonne, Kriegsäpfel, kein Kriegs-Weihnachtsbaumschmuck, Kriegsschnee, weder ständige Not noch Mangel, keine Mühe und Anstrengungen beim Wiederaufbau, kein Müdewerden, keine Verzweiflung, kein Delirium, keine Selbstzerstörung.

Während die alte Frau gemächlich plauderte, hatte ich das Gefühl, irgendwie zu verblassen, nahezu unsichtbar zu werden. Ich hatte das Gefühl, als wäre meine ganze Existenz bedroht, ich, die ich mich noch haargenau daran erinnere, wie ich auf Mutters Schoß sitze und Makkaroniauflauf esse, während die Angst mir den Hals zuschnürt und aus dem Katzenaugenradio im Vorraum die Kubakrise geflutet kommt. Mutter hatte die Küchenschränke mit Konserven voll gestopft und aus den Bezügen der alten Korbstühle Gesichtsmasken genäht, irgendwelche primitiven Gasmasken.

Damals hatten wir abends immer Gummistiefel an

und die Straßenkleider lagen griffbereit am Fußende des Bettes. Ich weiß nicht, was nach Mutters Einschätzung der schwerer wiegende Grund für eine Flucht in den Zivilschutzraum war: die Kubakrise oder Vaters sich häufende Delirien.

Irgendwie ist es von komischer Ironie, dass Mutter in ihren allerletzten Lebenswochen eine Frau zur Nachbarin bekommt, fast eine Altersgenossin, die nur ein wenig weiter westlich beheimatet war und damit ein in jeder Hinsicht glückliches Leben hatte, einen erstaunlichen Bogen von Jahrzehnten ohne Bruch.

71

Ich bin gekommen, um einige Gegenstände zu holen, die zu meiner Kindheit gehören, Porzellanhunde, Zwiebelbeutel, die ich in der Volksschule gehäkelt habe, Seidenschleifen, die Mutter haarfein gebügelt hat, Glanzbilder, Weihnachtsbaumschmuck, einen kleinen roten Koffer, den ich bekam, als ich in ein Sommerlager der Gemeinde fuhr.

Ich setze mich auf den Koffer und lasse meine Blicke durch die öde, schmutzige Wohnung wandern, mein einziges wirkliches Zuhause. Meine Schwester hat nichts verändert, alle Bilder, außer den Ikonen, sind an ihrem Platz, die Bücher in den Regalen stehen in derselben Reihenfolge wie in den vergangenen dreißig Jahren, die Matrjoschkapuppen, die Vasen, die Samoware, auch das dunkelblau-violette Stiefmütterchen an der Wand im Wohnzimmer hängt genau dort, wo Mutter es bei unserem Einzug angenagelt hat. Das Wandstiefmütterchen ist eigentlich eine Blumenvase. Ich weiß noch, wie Mutter manchmal, selten, auf den Felsen des Linnanmäki Feldstiefmütterchen, weiße und gelbe, dafür pflückte. Irgendwie möchte ich das Stiefmütterchen von der Wand mitnehmen und möchte es auch wieder nicht. Ich frage nicht danach. Ich weiß, dass meine Schwester nicht darauf verzichten möchte.

Ich gehe in der Wohnung auf und ab, öffne und schließe die Schränke, ziehe Schubladen auf, tue das aus vollem Herzen, jetzt ist niemand da, der mir das verbieten könnte, sich darüber entsetzt, verlangt, dass ich alles genauso wieder an seinen Platz zurücklege, wie es war. Das werde ich oft tun. In mein altes Zuhause kommen, von einem Ende zum anderen durch die Wohnung gehen, in die Küche zur Kochnische hinüber, vom Vorraum ins Wohnzimmer, ans Ende des langen dämmrigen Korridors und wieder zurück. Ich schaue aus dem Fenster und wundere mich, wie die Bäume gewachsen sind. Und wie klein die hohen Gebäude, sogar die Berg-und-Tal-Bahn und das Riesenrad im Vergnügungspark, geworden sind. Ich öffne und schließe, ziehe und schiebe, durchstöbere meine Kindheit, meine Jugend, Mutters und Vaters Geheimnisse, betrachte die Fotos, nehme die Handtasche, den Rubinring, die schweinslederne Aktenmappe und die Einlage in die Hand. Ich sitze ein Weilchen am Küchentisch, mache die kleine Tischlampe an und betrachte in ihrem matten Harzlicht meine sommersprossigen, von Jahr zu Jahr stärker geäderten Handknöchel.

Und wenn das Kind mit dem Blumennamen nun ein Junge gewesen wäre? Hätte Mutter es dann behalten, es nicht hergegeben, nicht verlassen? Hätte sie wegen eines Jungen getrotzt, mehr gewagt? Wäre bei einem Jungen alles anders gelaufen?

72

Zuerst wird der Mann ganz schwer und dann plötzlich leichter. Die schwarzen Kleider wallen immer fordernder in Richtung Meeresströmung. Schließlich lässt sie ihn los und sieht im nach, wie er dahintreibt, die Aktenmappe immer noch fest in der einen Hand.

Sie steigt aus dem Meer, wischt sich das Salzwasser aus den Augen und dreht sich noch einmal um, erkennt gerade noch, wie auf dem Kamm einer fernen Welle das Schloss der Aktenmappe oder eine Manschette aufblitzt, vielleicht auch nur eine Klippe mit scharfer Spitze, deren Kante vom Mond beschienen wird.

Sie klettert den Abhang hinauf, sucht mit den Händen Halt an Zweigen und Wurzelwerk, erst jetzt, wo sie im Dunkeln emporklimmt, wird ihr bewusst, wie gleich sie sich in ihren Händen anfühlen.

73

Ich muss damals noch keine zehn Jahre alt gewesen sein. Meine Haare reichten noch bis zu den Hüften, und meine Schwester flocht sie mir oft zu einer kunstvollen Konstruktion auf dem Kopf, die sie Katharinenkrone nannte. Auf den Fotos habe ich also eine Krone aus Zöpfen auf. Meine Mutter und meine Schwester sind abwechselnd mit auf den Fotos, eine von beiden bediente immer die Kamera. Nie hat eine vierte Person uns fotografiert. Haben wir überhaupt mit irgendjemandem gesprochen? Haben wir jemals gemeinsam mit anderen am selben Tisch gefrühstückt?

Es war berauschender Frühsommer, wir drei hatten uns auf den Weg gemacht, um ein paar Ferientage in einer Pension zu verbringen, die zufällig ganz in der Nähe der Kleinstadt lag. Wir reisten mit dem Flugzeug dorthin, es war Mutters erste Flugreise. Den ganzen

Flug über hielt Mutter sich den Kopf und weinte und erklärte, das liege an dem Luftdruck in der Maschine. Mutter war außer sich und beruhigte sich erst, als wir in dem Bus saßen, der uns ins Zentrum brachte. Den ganzen Tag wanderten wir durch die Stadt, der Bus, der uns in die Pension bringen würde, sollte erst gegen Abend fahren. Wir saßen im Café gegenüber dem Park, aßen Würstchen mit Pommes, wanderten die Uferstraßen entlang und warfen den Enten Bröckchen zu.

Mutter war nach ihrer Flucht nicht wieder in der Kleinstadt gewesen. Jetzt fährt sie mit uns dorthin, warum? Hat sie irgendwoher eine Nachricht bekommen, vom Tod einer bestimmten Person? Warum wirkt sie die ganze Zeit so gerührt, als wollte sie die alten Orte noch einmal sehen? Hat Mutter beschlossen zu sterben?

In der Pension verbringt Mutter den größten Teil der Zeit damit, auf der Bank am Ende des Anlegers zu sitzen und Weidenruten zu schälen, wobei sie zur Stadt hinüberblickt.

Das geschah vor dreißig Jahren, auf den Fotos habe ich unglaublich langes, kastanienbraunes Haar, das die Leute oft berühren wollten, und einen zu großen Badeanzug, in dem ich immer etwas verfroren wirkte. Meine Schwester liegt auf dem Bauch im Gras und liest einen Krimi, und Mutter sitzt am Ende des Anlegers, ein ärmelloses, klein geblümtes Kleid, das über ihrem Leib spannt, flache, weiße Sandalen, eine für das kleine Gesicht viel zu große, ovale Sonnenbrille mit schwarzweißem Gestell, die wir aus dem Grabbelkorb einer Souterraindrogerie in der Brahestraße gekauft haben. Ich würde mich meiner Mutter schämen, wieder einmal, sie anschnauzen, am Esstisch jedem Blick ausweichen oder mir den Sonnenhut tief in die Stirn drücken, würde fünf Meter voraus- oder hinterhergehen, trödeln und einen Bogen machen – wenn Mutter selbst nicht die ganze Zeit so abwesend wäre.

74

Vyborg ist voller Gruben. Neben den Gruben allerlei Gerümpel, neues und altes, darunter auch Wertvolles, wenn nur jemand sich daranmachen und aussondern, reparieren, die Gruben auffüllen würde. In Vyborg ist es das Beste, vorwärts zu blicken, zumindest in die unmittelbare Nähe, dorthin, wo man seinen Fuß setzt. Diejenigen, die nicht im Stande sind, vorwärts zu blicken, bleiben stehen, und davon gibt es viele. Die Straßenecken, Märkte, die zu den Geschäften hinaufführenden Treppen, Parks, vor langer Zeit begonnene Baustellen, Fundamente eingestürzter Behausungen, die Kirchentreppen, überall gibt es viele, die nicht mehr im Stande sind, vorwärts zu blicken.

An der Ecke der Markthalle bleibt neben ihr ein komisches kahlköpfiges Mädchen stehen, macht einen Knicks und neigt zugleich den Kopf, so als wollte sie ihr den Ring oder das Heiligenbild küssen. Die Frau stellt sich darauf ein, ihre Geldbörse, die Plastikkarten, das Notizbuch fest zu halten, nein, ich kann jetzt nichts geben, aber das Mädchen will gar nichts, sie bettelt nicht und bietet auch nichts zum Kauf so wie die hundertköpfige Meute der rings um sie herumwimmelnden kleinen Jungen. Das Mädchen holt hinter dem Rücken eine Blume hervor und reicht sie der Frau. Sie knickst noch einmal und geht dann ihrer Wege, sodass der Kies auf das Kopfsteinpflaster fliegt.

Sie sieht dem Mädchen nach mit der Blume in der Hand. Sie hat noch nie ein kahlköpfiges Mädchen gesehen, Blumen wie diese aber schon, freilich nicht bei Tageslicht, sie hat sie bei ihren nächtlichen Spaziergängen gesehen, sie hat mit Männern in ihrer Nähe gelegen, hat ihren Duft gespürt. Sie wachsen dort, auf den früheren Höfen, in kleinen Dolden an den steinigen Uferhängen des Meeres, als Wildwuchs in den alten Gärten. Dort muss auch das Mädchen seine Blume gepflückt haben, am Rande des Steilhangs.

Sie kennt die Blume nicht, weiß nicht ihren Namen.

Ihr westliches Misstrauen amüsiert sie selbst: Wenn nun die Pflanze giftig ist und schon allein die Berührung mit der warmen Hand einen unangenehmen Ausschlag erzeugt, und wenn nun das Pflücken gerade dieser Blumen als besonders verwerflich gilt und sie mit einer solchen abgepflückten Blume in der Hand durch die Stadt spaziert? Warum hat das Mädchen, das aussieht wie eine entlaufene Gefangene, ihr, einer wildfremden Frau, die Blume gegeben, anstatt sie anzubetteln oder zu bestehlen oder ihr irgendeinen Tinnef aus Taiwan anzudrehen?

In Gedanken versunken, schlendert sie an diesem heißen Nachmittag kreuz und quer durch die Stadt, hofft, den dunkel glühenden Mädchenkopf an irgendeiner Straßenecke zu entdecken, und begreift, während sie die aus der Schule heimkehrenden Scharen von Kindern betrachtet, dass sie das Mädchen in der lebhaft gestikulierenden, jeansbehosten, sich dahinwälzenden Menge gar nicht so schnell erkennen würde.

Es kommt ihr so vor, als bewegten sich diese Menschen, die so aussehen, als wären sie den Fotoalben ihrer Kindheit entsprungen, die Jungen und Alten, zwischen all dem Eingestürzten und Stagnierenden, erfüllt von einer Art vagen Kraft der Selbstverständlichkeit voran, ohne Glück, ohne Trauer, ohne Neugier, ohne größere Absichten oder Bestrebungen, ohne dass sie erkennen ließen, in irgendeine Richtung unterwegs zu sein. Aus geringstem Anlass machen sie eine Kehrtwendung oder bleiben an den Straßenecken, in den schattigen Niederungen der Parks hängen, lehnen sich auf unbebauten Grundstücken gegen Findlinge, um dann ihren Weg in irgendeine Richtung fortzusetzen, wohin scheint egal.

Die Blumenschenkerin war mit ihrem Lederkopf mehr als eine junge Frau von individuellem Aussehen, mit ihrem ovalen Gesicht und den großen Augen eine nahezu unvergessliche Schönheit aus Vyborg, halb Mädchen, halb Junge, aber plötzlich hat sie das Gefühl, als könnte jeder Passant mit Mütze ihr maskiertes Blumenmädchen sein. Viele der ranzenschwenkenden Kinder lächeln sie honigsüß an, ein kleines Zigeunermädchen mit einem nahezu blau-schwarzen Zopf auf dem ovalen Kopf winkt ihr lange nach.

Zurückgekehrt in ihr Zimmer, betrachtet sie die schlaff herabhängende Pflanze in ihrer Hand: Sie wirkt grotesk, wie der Schatten der schönen Blume, die sie an der Ecke der Markthalle bekommen hat. Noch einmal überlegt sie, ob das Überreichen der rasch verwelkenden, hübschen Blume ein Witz mit Hintergedanken war, und worauf er wohl anspielte. War das kahlköpfige Mädchen irgendwie krank, oder gab es in der Stadt eine Sekte, von der sie, die Frau, nichts wusste? Hatte das Mädchen sie, die täglich am Rande des Marktes und bei der Markthalle zerstreut umherstreifte, für jemand anderes gehalten? Wusste das Mädchen, was sie in den Nächten gemacht hatte?

75

In der Nacht, zum ersten Mal allein im Bett des Kellerraums, erwacht sie plötzlich und glaubt, irgendwo ganz woanders zu sein.

Im Zimmer herrscht ein süßlich-feuchter Geruch: Sie befindet sich ohne Zweifel in der Aufwachstation des Krankenhauses, verschwitzt zwischen kühler Bettwäsche, Gerüche, das Ticken und Rauschen seitlich stehender Geräte. Ein warmes, ein wenig kitzeliges Gefühl zwischen den Beinen, Druck im Unterleib, Fieberschauer. Habe ich gerade ein Kind geboren, oder komme ich von einer Abtreibung? Ist dies das erste oder das zweite? Soll ich es mitnehmen, oder hab ich es schon hier gelassen? Vom ersten weiß ich, dass es ein Mädchen und Bildhauerin geworden wäre, so eine Vision hatte ich, als ich es erwartete. Und das zweite war ebenso sicher ein Junge, das spürte ich, ich habe in der Nierenschale des Krankenhauses meinen weintraubengroßen Sohn zurückgelassen, der garantiert ebenso große, übereinander stehende Schneidezähne gehabt hätte wie sein Vater.

Aber wann wachen wir eigentlich auf? Wann wissen wir, dass es erlaubt ist? Wie lange müssen wir noch alles vertuschen und flüstern? Wochen, Jahre, gar Jahrzehnte? X und X und X, und so weiter? Oder sind die Namen der Väter schon im Buch vermerkt und die Deckel des Buches geschlossen? Noch immer nicht?

Sie erwacht von ihrem eigenen Schreien. Es ist halb vier. Von draußen hört man drei finnische Flüche immer wieder und wieder, mit unterschiedlicher Betonung. Die Blume, die sie in eine Weinflasche gesteckt und vergessen hat, duftet berauschend, sie ist verblasst und zusammengesunken und sieht eigenartig aus, duftet aber wie – die Lilie von Saron! –, vernimmt sie eine bekannte tiefraue Stimme in ihrem Inneren, und ein rasselndes Menthollachen hinterdrein.

76

Man bittet mich zum wer weiß wievielten Mal, über die sexuellen Phantasien der Frauen, über Selbstbefriedigung, Pornografie, über die Tabus des Genusses, über Sadomasochismus und virtuellen Sex zu sprechen. Ich verstehe nicht einmal selbst immer, über was alles ich Diskussionen führen soll.

Meine Mutter beging ein moralisches Verbrechen und bekam ihre Strafe, in Mutters Fall war sie lebenslänglich. Mutter wurde isoliert, dazu verurteilt, wegen einer körperlichen Eigenschaft ihren Ruf zu verlieren, deshalb, weil ihr Körper – ohne jemanden um Erlaubnis zu fragen – die Liebkosungen eines zärtlichen Liebhabers, den Schwindel der Ekstase spüren wollte. Sie wagte es, die Geliebte eines Mannes zu sein, meine Mutter, und aus mir ist die Sachverständige, die Anwältin ihrer Jugendsünde geworden, ich lebe von dem, woran meine Mutter seelisch zu Grunde ging, vor fünfzig Jahren.

Ich hab dir doch gesagt, Mutter, eines Tages wird das Fleisch Wort werden. Und noch einmal wird deine Trauer, der unvergleichliche Glanz deiner Krone bezeugt werden.

77

Die Stationsschwester, die Dienst tuende Sterbebegleiterin, die bis hin zu Strumpfhosen, Schuhen und Haarband in Weiß gekleidet ist, bleibt im dämmrigen Treppenhaus vor mir stehen, als ich von meiner Mutter komme. Sie weiß es, und auch ich weiß es. Die Alarmglocken sind schon geläutet. Der Hochofen faucht.

Diese Schwester mochte ich sehr gern, so wie fast alle anderen in diesen drei Jahren. Sie hat sich bemüht, meiner Mutter zu helfen, und ich habe mich bemüht, ihr helfen zu helfen. Das war nicht leicht. Plötzlich umarmen wir uns. Wir stehen auf verschiedenen Stufen, unsere Arme tasten suchend, unsere Brüste treffen in die Achselhöhle und an die Wange, wir müssen lachen, stellen uns auf dieselbe Stufe und drücken einander fester. Ich atme den frischen Pfefferminzduft der Frau ein, schließe die Augen.

Das Schiff hat seine Sirenen schon lange brüllen lassen, ein langes trauriges Geheul, die Maschinen stampfen, alle Fußböden vibrieren, die Zugbrücke ist eingezogen. Die Wellen schlagen gegen die Flanke des Schiffes, das dunkelgrüne Wasser sprudelt und spritzt. Langsam löst sich das Schiff aus dem Hafen, es dauert einen Augenblick, bevor ich begreife, dass ich mich nicht bewege, das Festland ist es, das sich bewegt. Ich bleibe auf der Stelle, und alles ist in Wirklichkeit umgekehrt, das Land löst sich langsam, unwiderruflich. Zu beiden Seiten der Reling wird gewinkt, ich winke, und man winkt mir zurück. Viele weinen, ich habe meinen Spaß, ob sie wohl dasselbe sehen wie ich. Sogar Taschentücher werden noch geschwenkt, langsamer und langsamer, mit träger werdenden Handgelenken. Gleich ist der Hafenpavillon nicht mehr erkennbar, nicht die vertraute Silhouette der Stadt, zuletzt verschwindet das ganze schwarze Land hinter dem Horizont. Kein Lüftchen regt sich, das Vibrieren lässt nach, es bleibt nur noch das öde Meer, der von Widerspiegelungen erhellte Himmel.

Und dann, an irgendeinem Morgen nach alledem, taucht allmählich ein einfacher, taubenfederleichter Gedanke auf, eine Frage, eine Erinnerung, wann habe ich zuletzt mit irgendjemandem frisch gewaschene Laken gezogen, hätte ich doch ein Glas kalte Milch, zum Glück habe ich die alte Perlenkette endlich neu verknotet und so weiter, eine weite Landschaft ragt vor mir auf wie ein weißes Blatt Papier, hoch mit seidigem Dunst, matt dämmrig wie ein frisch tapeziertes Zimmer, unbewohnt, und so ist es gut.

78

Liebespfand, Bankert, Hausgemachtes, Kegel, Bastard.

Die Frau flüstert ihrem Spiegelbild die Wörter zu, sie sind seltsam schön, obwohl mit ihnen etwas Schlechtes gemeint ist, sie sollten verhöhnen, beflecken, zurückweisen, isolieren. Sie drückt den Zeigefinger auf die Lippen und wiederholt die Worte immer aufs Neue. Schließlich kommt es ihr so vor, als hielte ihr jemand anders den Finger an die Lippen, der Arm beginnt zu zittern, die Lippen werden taub.

Das kahlköpfige Mädchen schläft noch. Sie schläft auf dem Bauch, mit ausgebreiteten Armen, als schwämme sie, als schwebte sie entspannt in der Luft, der Erde entgegen. Der Oberkörper des Mädchens ist bis unter die Pobacken nackt, ein starker, breiter Rücken, spuren von Windpocken oder einer anderen Hautkrankheit, zwischen den Schulterblättern ein goldenes Kreuz, eine feine Kette mit mehreren Knoten. Auch die verblichenen Tätowierungen auf den abgemagerten Oberarmen sind jetzt zur Ruhe gekommen, die riesenhaften schwarzen Schmetterlingsflügel hängen schlaff, umgebogen wie Regenschirme vom Sturm, die üppigen Formen der Machomänner verschrumpelt wie Comicfiguren auf Luftballons.

Die dunklen Haarstoppeln in der Nackengrube des Mädchens bringen die Frau auf den Gedanken, dass auch diese kahl geschorene Ausreißerin irgendwo eine Mutter hat, die dem Mädchen einst mit Tränen in den Augen blonde Strähnen abgeschnitten und sie in kleinen braunen Briefumschlägen verwahrt, darauf das Datum vermerkt und sie in die Fotoalben gelegt hat, zwischen die knackenden Kartondeckel, die zum Ende immer unausgefüllt blieben.

Ein Schwarm lärmender Radfahrer fährt vorbei. Die losen Fahrradklingeln klirren auf dem Kopfsteinpflaster, die fahrenden Mädchen müssen lachen, herrliches Gegacker. Die Frau blickt vom Spiegel zur Seite, durch die dünne, schmuddelige Gardine hindurch. Von ihrem Sockelgeschoss her wirft sie die letzten Blicke auf Vyborg, wie durch eine fettige Linse, als suchte sie zuletzt eine abgefederte Version all dessen, was sie gesehen und erlebt hatte, ein mattes Hintergrundlicht, das die sonst so schwermütig graue, asketische Wirklichkeit zum Glühen brächte; die Verbote der Vergangenheit und die ungeheure Verwirrung der Gegenwart, die Schlangen, die sich vor den halb leeren Geschäften winden, die verbrannten Autos, die zu Torsos deformierten, früher so gestenreichen Denkmäler. Ein Hintergrundlicht, das die entschlossenen Männer aus Stein mit einer Aura umgäbe, jetzt stehen da nur noch mit dem Hammer übel zugerichtete Köpfe auf Sockeln und Bronzeschalen, überall verrostetes Eisen, verbranntes Eisen, zerbrochenes Eisen, das so verletzlich geworden ist wie menschliches Fleisch, überall Schlamm, zerborstene Steine, vertrocknete Schritte, Abdrücke von Pfennigabsätzen und eisernen Stiefelabsätzen im weich gewordenen Pech der Kopfsteinpflasterritzen, Füße, die auf den Pedalen vibrierender Mopeds hüpfen, Hälse, die sich aus klapprigen Bussen recken, schwankende Rüschenköpfe, die unter den Verdecken der Kinderwagen hervorlugen, klare offene Augen, wie verdutzte Souffleusen in ihren Kästen, die sich in das falsche Stück verirrt haben.

79

Wieder und wieder öffne ich dieses neue schwarze Album. Ich betrachte Mutter, an Vater vorbei. Ich hatte immer geglaubt, Vater sei das Spannungsmoment in unserer Familie, derjenige, der der Versuchung erliegt, der große Abenteurer, ein gebrandmarkter Mann, Schmuggler, Bekannter der Stadtstreicher unter den Brücken und Dolmetscher östlicher Handelsdelegationen. Ein geheimnisvoller Vater, ein narbiger Vater, eine abgöttisch liebende Tochter? So ist es nie gewesen, jetzt noch weniger.

Vor mir sehe ich eine Frau und zwei Männer. Mindestens zwei Männer, möchte ich präzisieren, ohne meine Mutter irgendwie in eine unangenehme Lage zu bringen. Es können ja auch mehrere gewesen sein. Aber es gab nur einen einzigen wirklich zärtlichen Liebhaber. So will ich es glauben. Jener Mann im Hintergrund mit dem blassen, gelblichen Gesicht, wie vom Mondlicht gezeichnet. Dieser andere Mann, der mir näher steht, sein Gesicht ist verschattet, sein Mund zu einem spöttischen Lächeln verzogen, wieder ein neuer Grund, immer gibt es einen neuen Anlass zum Spotten, zum Schimpfen, dieses blau-rote Gesicht mit dem schlaffen Fleisch, auf der Stirn und an der Wange die tiefen Schnitte der karelischen Wälder, dies ist das Gesicht, das für mich keine Verwendung hatte. Es hat niemals direkt zurückgelächelt. Es hat mich niemals zärtlich oder verständnisvoll angesehen. Vaters Augen hatten in mir kein Zuhause.

Später habe ich erfahren, dass Vater in Restaurants, Bars von Hotels, auf Bahnhöfen, in Zügen und Flugzeugen seinen Bekannten bis zum Überdruss ein Kinderbild von mir zeigt. Zufällige Sitznachbarn, Tischgesellschaften bekommen plötzlich ein klebriges, viele Male gefaltetes Bild von mir zu sehen. Zwischen Wodkagläsern, Grogs und mysteriösen Geschäften weist Vater mich vor.

Wir haben niemals Gäste. Vater bringt niemanden mit, meine Schwester hat niemanden, Mutter sitzt immer am Küchentisch, und ich habe zu viel Angst. Dies ist meine jüngste Tochter, sagt Vater zu dem schwankenden Mann an der Bahnhofstheke neben ihm und reicht ihm das Foto. Nach Vaters Ansicht bin ich die Einzige in der Familie, die man vorzeigen kann.

Nach Vaters Tod gehe ich etwas widerborstig in die Versicherungsgesellschaft, um Vaters Sachen aus seinem Arbeitszimmer zu holen. Unterwegs zum achten Stock erinnere ich mich an den erleuchteten Festsaal in der obersten Etage, den großen, mit Schmuck überladenen Weihnachtsbaum, die Trioeisportionen, die weißen Akazien, die Fahrt mit Vater im Lift nach unten, das Taxi, die lange Brücke, die vielfarbigen Lichter der Stadt im schwarzen Wasser, das matte Heimweh, das Gefühl der Erleichterung, wenn wir endlich die steilen Straßen von Kallio hinauffuhren.

Die Schubladen von Vaters Arbeitstisch quellen über von Fotos: Ich sitze auf einem Schaffell mit dem Abc-Buch in der Hand und lächle süßlich.

80

Bei ihnen wurde niemals über Menstruation, Büstenhalter, Geschlechtsverkehr gesprochen, in jener Familie aus dem schwarzen Album. Das kleine Mädchen musste sich selbst seinen Monatsschutz aus Zeitungspapier und Gummibändern basteln und hoffen, dass die unförmige Konstruktion sich in den Sportstunden nicht abzeichnete. Das kleine Mädchen sparte sich, ebenfalls heimlich, aus dem Geld vom Altpapiersammeln den ersten Büstenhalter zusammen, einen weißen mit hellblauen Kringeln, und zog ihn niemals vor den Augen der übrigen Familie aus. Ihre Unschuld verlor sie so wie ihre ganze Generation auf einem knarrenden Sofa zum Abschluss einer alkoholseligen Fete in den frühen Morgenstunden, als der Heavy Rock wummerte und die Nachbarn abwechselnd gegen die Wand, das Dach und die Tür hämmerten.

Erst jetzt wagt sie, die Tochter, auch diese dunkle Doppelseite zu betrachten: Die bekannte, von jeder Leidenschaft entleerte Frau, ganz nahe, einen Atemzug entfernt, auf dem Bett liegend, mit den Händen nach dem klitschnassen, zerwühlten Bettzeug greifend, tiefe Kehllaute ausstoßend, keuchend, nach mehr flehend, der feuchte Mund voller Speichel, die schmalen Lippen von Küssen geschwollen, erst jetzt stellt sie sich die hellen, schmalen Schenkel geöffnet vor, Sesam, nach Tausendundeiner Nacht, Sesam, die angeschwollenen, durchsichtigen Schamlippen, vulgäres Pochen, der Drill ihrer Finger im gemälzten Fleisch, voller Erwartung, immer wieder und wieder verrückt vor Begierde nach dem einen, einzigen, dem zärtlichen Liebhaber.

81

Die dunkle Schönheit aus der Kleinstadt, die unglaubliche Vergangenheit, der verdorbene Ruf, die verlorene, geopferte Liebe, durch Vergessen und Schweigen geschützt, also ewig. Manchmal beneide ich Mutter fast, was für eine Treue, was für eine Zärtlichkeit in ihr ist, die ihre Jugendliebe bewahrt hat, ihre verbotene Leidenschaft, den Vater ihres unehelichen Kindes. Noch in ihren letzten Wochen in der Abteilung für chronisch Kranke verblüfft die Mutter die Tochter und wer weiß wen sonst noch alles in jenen von Schmerzen verlängerten Gazenächten, indem sie nach dem jungen Mann ruft, im Traum, im Fieberwahn, in ihrer Qual, indem sie immer wieder und wieder sagt, wie ein Refrain: Ich hatte einst einen zärtlichen Liebhaber, einen so zärtlichen Liebhaber, lasst doch das Fenster einen Spaltbreit offen, ich schaue so gern auf den weißen Flieder vor dem Hintergrund des Meeres, wenn du ihn triffst, grüß ihn von mir, grüß meinen Liebsten, sag ihm, dass ich warte, erzähl ihm, dass alles in Ordnung ist, dass es uns beiden gut geht, sag ihm, dass die Kleine schöne Augen hat, stiefmütterchenblaue, meerblaue, genau solche wie ihr Vater.

Mit der Sicherheit der Unwissenden stelle ich Mutter, die den schweren Schlaf des Anfangs vom Ende schläft, die Tische voll von jenen verbotenen Blumen. Mutter ist nie mehr böse und schreit nicht mehr, sie öffnet nur noch dann und wann die Augen, zwischen den grauen langen Wimpern scheint das bekannte Nussbraun auf, immer seltener und seltener, und ich bringe Mutter noch mehr Blumen, die Nachttische voll, bringe ihr endlich Blumen, bringe Blumen für drei Jahre, für dreißig Jahre, bringe Blumen bis zuletzt. Ich bringe sie wie Hochzeitssträuße, achtsam, pfleglich, wechsle häufig das Blumenwasser. Zuletzt wird also aus mir die Dienerin der großen Liebe meiner Mutter. Die Dienerin des unbekannten Liebhabers, meiner unbekannten Schwester. Sterbebegleiterin der Sterbebegleiterinnen.

Auch in den Sarg noch lege ich Mutter nachtblaue Stiefmütterchen und weißen Flieder, auf die Brust und neben das Gesicht, mache mir ziemlich viel Mühe, um im Januar genug davon aufzutreiben. Ich mache aus dem mit Seide gefütterten Birkenholzsarg Mutters letztes Liebeslager, sein Duft ist berauschend, er erfüllt die kleine Kapelle mit einem fast unziemlich starken Geruch, der rasch vergehende Duft der Sommerliebe, ein feuchter, sahniger Hauch.

Während ich im blaudämmrigen Kerzenlicht der Kapelle sitze, weiß ich nicht, wen alles ich eigentlich betrauere, welche Anzahl wichtiger Menschen mir in meiner mit Stiefmütterchen und Flieder bedeckten Mutter dahinstirbt.

82

Der Körper des Mädchens ist groß und unberechenbar wie ein Pferd, er ist gesund, in guter Kondition, nichts Mangelhaftes ist daran, der runde, makellose Kopf macht ihn vollkommen. Er ist wie ein im Äther dümpelnder Riesensäugling, er ist wie eine beleuchtete Skulptur, seine Kraft ist Furcht einflößend. Achseln und Kniekehlen atmen einen warmen, ein wenig schweren Hauch, so als gäbe es dort geheime Rauchabzüge, spezielle Gänge, ihre Brüste glühen wie Griddelplatten, dieser Körper hat einen exaltierten Vertrag mit Luft und Licht geschlossen, die Grenzen verschwimmen, wie im Himmel, so unter Wasser, das Mädchen ist ohne präzise Formen. Gerade, wenn man geglaubt hat, die warme, seidensamtweiche Haut zu berühren, bekommt man stattdessen Körperhaare, Nägel, den kühlen Lufthauch des Ausweichens zwischen die Finger.

Der Körper des Mädchens ist geräumiger als ein Zimmer, er ist platter als eine Wand, er ist nicht nur da, wo man ihn sieht, er ist auch woanders, er ist überall, er ist wie eine Schwester: Er will immer spielen und Schrecken einjagen, er ist ein Brunnen, er ist ein Wolf, er springt wie auf Rosen oder glühenden Kohlen, sein Atem ist weich wie der Ton einer Flöte, er ist biegsam und zornig, er duftet nach Räucherwerk und radioaktivem Niederschlag, er würgt mit sechs Händen und entsteigt als Torso einer schaumigen Muschel, in seinem Hintergrund lodert eine ganze Stadt in Flammen, er späht dreist und schamhaft, mit Streifen auf der Haut, hinter Gitterstäben hervor, er sinkt auf die Knie, schützt mit den Armen den Kopf, als wäre er in einen Steinhagel geraten, er stürzt, liegt unbeweglich da, als hätte er sich unter das Schwert gebeugt, hebt den unbedeckten Nacken, fleht um Gnade, Verzeihung, um Peitsche und Stachelhalsband, er lacht laut, schallend, der breite Mund mit dem rosa Zahnfleisch prustet, das Kruzifix haftet an der verschwitzten Wange.

83

Du schnaufst ja wie 'ne Kirchenglocke, flüstert das Mädchen eifrig. Mir kommts so vor, als wärst du jetzt schon geboren, man kann sehen, was für kräftige Schultern du hast. Nich dein Kopf, nich deine Brust, nich die Schenkel, sondern deine Schultern, die Wurzel des Herzens.

Ich bin zu Fuß von weit her gekomm, du glaubs gar nicht, von wie weither. Guck mal meine Schuh, die hab ich unter deim Bett versteckt, damit du kein

Schreck kriegs vor mir. Weil heut is der Tag, wo du weg musst, da bitt ich dich um ’n Gefalln, könntst du mir die Füße waschn?

84

Wir unterhalten uns kaum, meine Schwester und ich. Manchmal besuche ich sie in der Brahestraße, nehme Alexanderkuchen mit, zeige ihr die Zeichnungen meiner Töchter, hole noch ein paar wichtige Sachen aus meiner Kindheit. Manchmal hat eine von uns auf der Straße eine uns bekannte Krankenschwester aus der Abteilung für chronisch Kranke, eine Sterbebegleiterin, getroffen, das erwähnen wir beiläufig.

Wir sprechen nie über Mutters aufgedeckte Vergangenheit, Mutters Unglück, Vaters Grausamkeit, unsere gemeinsame Schande. Meine Schwester will ganz offensichtlich keine Überlegungen über die Verwandten anstellen, die wir in der Kleinstadt haben, will ihnen nicht näher kommen, nichts Weiteres wissen über das, was mit Mutter und ihrem zärtlichen Liebhaber zu tun hat. Meine Schwester verstummt, wird noch mürrischer, führt ihr kleines Leben weiter wie bisher, ein ebensolches wie damals, als sie mit Mutter zu zweit war, nur jetzt unpaarig. Veränderungen: Da Mutter sie nicht mehr weckt, hat meine Schwester den lautesten

Wecker der Stadt und eine Kaffeemaschine gekauft, die sie abends so einstellt, dass der Kaffee morgens auf dem Küchentisch bereitsteht, so wie bisher, als Mutter noch lebte.

Meine Schwester lebt schon in einer neuen Zeit. Die kleine, gebeugte Gestalt sitzt am Küchentisch, im Eigelblicht der niedrigen Tischlampe, winkt mir steif mit der Hand, senkt dann wieder das Gesicht über den kleinen Handspiegel, drückt noch einen Hautwurm aus ihrer Stirn, gibt sich, als wäre nichts geschehen, so als wären wir niemals zu dritt gewesen, so als hätten wir niemals etwas von einem zärtlichen Liebhaber gehört.

Anmerkungen der Übersetzerin

Bibliotheksgebäude: Gemeint ist das Bibliotheksgebäude in Vyborg, eines der Hauptwerke des finnischen Architekten Alvar Aalto (erbaut 1935). Zu sowjetischer Zeit wurde es kaum gepflegt und soll jetzt durch internationale Anstrengungen vor dem Verfall gerettet werden.

Fünfte Linie (finnisch Viides linja): Name einer Straße im Stadtteil Kallio, Helsinki.

Großfürstentum Finnland: Von 1809 bis zu seiner Unabhängigkeitserklärung am 6. 12. 1917 war Finnland ein autonomes russisches Großfürstentum.

Ikonen, Ansa (1913–89): Bedeutende finnische Theater- und Filmschauspielerin.

Kallio: Arbeiterviertel in Helsinki.

Karhu, Myyrä: Typische ostfinnisch-karelische Familiennamen (Bedeutung: Bär, Wühlmaus). Die Szene spielt darauf an, dass nach dem Ende der Sowjetunion viele Karelier nach Vyborg reisten, um ihre ehemaligen Wohnstätten wieder zu sehen.

Korjus, Miliza (1900–80): Estnische Koloratursopranistin.

Linnanmäki: Vergnügungspark von Helsinki.

Lotta: Eigentlich Lotta Svärd, Frauenorganisation zur freiwilligen Landesverteidigung, wirkte von 1919–44.

Monrepos: Ein Gut bei Vyborg, das für seinen Park berühmt war.

Palo, Tauno (1908–82): Beliebter finnischer Charakterschauspieler, oft Partner von Ansa Ikonen.

Vyborg: Finnisch Viipuri, Stadt in Russland am Finnischen Meerbusen, vor dem Krieg eine der drei größten Städte Finnlands, fiel nach dem Krieg an die Sowjetunion.

Waltari, Mika (1908–79): International erfolgreicher finnischer Schriftsteller, schrieb u. a. »Sinuhe, der Ägypter«.

Winterkrieg: Krieg zwischen Finnland und der Sowjetunion 30. 11. 1939–13. 3. 1940. Nach einem Waffenstillstand mündete er in den so genannten Fortsetzungskrieg gegen die Sowjetunion 1941–44 und gegen Deutschland 1944–45.